AS
CASAS
ONDE
NÃO VIVI

JÚNIA ARAÚJO

AS CASAS ONDE NÃO VIVI

REFORMATÓRIO

Copyright © 2023 Júnia Araújo
As casas onde não vivi © Editora Reformatório

Editor:
Marcelo Nocelli

Preparação de texto:
Regina Oliveria

Revisão:
Natália Souza
Marcelo Nocelli

Imagens da capa:
Foto de Nikola Johnny Mirkovic na *Unsplash*

Design e editoração eletrônica:
Karina Tenório

Dados Internacionais de Catalogação na Publicação (CIP)
Bibliotecária Juliana Farias Motta CRB7/5880

Araújo, Júnia
    As casas onde não vivi / Júnia Araújo. — São Paulo: Reformatório,
2023.
    258 p.: 14x21cm

    ISBN: 978-65-88091-99-9

    1. Romance brasileiro. II. Título.
A663c   CDD B869.3

Índice para catálogo sistemático:
1. Romance brasileiro

Todos os direitos desta edição reservados à:

Editora Reformatório
www.reformatorio.com.br

À Carminha, e a todas as crianças que,
como nós, cresceram órfãs de pais vivos.

Às Irmãs do Lar Santa Terezinha Araxá-MG.

Ao seu Rafael, que sempre me manteve
segura debaixo da aba do seu chapéu.

Ao Galeno e a meus filhos; Beatriz e Daniel, sempre.

Minha missão na vida não é meramente sobreviver,
mas prosperar; e fazer isso com alguma paixão,
alguma compaixão, algum humor e algum estilo.

Maya Angelou

A coisa mais extraordinária do mundo é um homem
comum, uma mulher comum e seus filhos comuns.

G. K. Chesterton

Sumário

Hutchinson Island, Florida, 2021, 11

ARAXÁ — MINAS GERAIS, 1979, 13
Lar Santa Terezinha, 15
O Chapéu mágico, 23
Carminha e o castelo, 32
Minha nova família, 53
Tia Cidinha ou a matriarca atormentada, 66
Crime e castigo, 74

PATOS DE MINAS, MINAS GERAIS — 1985, 79
O berço do violino, 81
Entre cores e dores, 86

VILA VELHA, ESPÍRITO SANTO, 1988, 105
Dobrando e desdobrando, 107
Papai, um estranho, 111
Me desdobrando, 121
O Primeiro bolo, 128
DDD e um encontro, 135

Kilmer e os descaminhos da fé, 149

A vida não é uma novela, 152

Carminha e sua saga feminina, 155

Um desassossego sem nome, 172

Viver é um desassossego, 179

Outra vítima, 181

Eu, em mim mesma, 184

Eu, no mundo, 188

VITÓRIA, ESPÍRITO SANTO — 1993, 193

Minhas conquistas, 195

O mundo em mim, sem compromisso, 199

O mundo é uma festa, 202

JUAZEIRO DA BAHIA, BAHIA — 1996, 209

Duas malas e um cheque, 211

SALVADOR, BAHIA — 1996, 217

Carcará não vai morrer de fome, 219

Ano novo de novo, 222

VITÓRIA, ESPÍRITO SANTO — 1998, 227

A Paz, 229

SALVADOR, BAHIA — 1999, 237

Uma família de verdade, 239

BOIPEBA, BAHIA — 2020, 251

Epílogo, 253

Hutchinson Island, Florida, 2021

Abro a janela do quarto — lá fora o mar brinca de se jogar na praia em ondas preguiçosas. Lavo meu rosto e observo meu reflexo no espelho — nesse instante, não vejo minha face — vejo um mosaico — meu rosto em diferentes fases: me vejo criança e me vejo adulta, me vejo órfã e me vejo mãe, me vejo completamente sozinha e me vejo no centro de uma família grande e afetiva. É como um filme sendo projetado no espelho nessa manhã de domingo — sou como aqueles grãos de areia da praia sendo inundados por uma manta de recordações.

Caminhando pela beira-mar, sob o sol de primavera, em completa sintonia com a natureza — à medida que ando, começam a brotar reflexões sobre os obstáculos, os vazios, as faltas e os medos que enfrentei ao longo da vida e me ocorre que a semente da paz que me habita nesse instante foi plantada há muitos anos — por uma criança em um orfanato no interior de Minas Gerais — que um dia tomou a decisão de sorrir, cuidar de si e seguir em frente. A força daquela menina ainda guia a mulher de hoje.

A energia daquele momento vai pouco a pouco — de um jeito espontâneo — tomando forma de narrativa.

Este livro nasce, portanto, da minha crença de que é possível escrever uma história repleta de sentido e de realizações independente do tamanho da conta bancária. Nossa força interior — que flui como um rio — e nossa capacidade de reconhecer os presentes que se acumulam nas margens — este é o maior dos patrimônios.

Este livro é um testemunho da importância da gentileza de estranhos — pequenos gestos — muitas vezes aleatórios, que são capazes de afetar a vida de outros; assim como também os grandes gestos — estes, na maioria das vezes ou mais que isso, uma entrega de vida pelo outro, como as Irmãs do Lar Santa Terezinha, que abdicaram das próprias vidas pessoais para zelar pelas vidas, até então, indubitáveis, das crianças que, como eu, não tinham possibilidade de outro lar naquele momento, portanto, este livro é também uma ode à gratidão, uma maneira de retribuir todos os presentes que a vida me deu. Antes de qualquer outra coisa, este livro é a história do que vivi — e do que aprendi, do amor incondicional que tive a oportunidade de experimentar com essas Irmãs. Mas esta história não é só minha, é também a história de muita gente que estende a mão, que decide ajudar, das mais variadas formas possíveis, já que, de acordo com uma pesquisa que li recentemente, vinte crianças são abandonadas por dia no Brasil, e apenas oito delas acolhidas em abrigos. Se é verdade aquele ditado que diz: "é necessário uma aldeia inteira para criar uma criança", eu acho que é também necessário todo um país para salvar uma criança do abandono.

Júnia Araújo

ARAXÁ — MINAS GERAIS, 1979

CAPÍTULO 1

Lar Santa Terezinha

Tenho cinco anos e me sinto um bicho do mato. A menina mais sozinha do mundo. Por que todo mundo tá querendo se livrar de mim? Por que ninguém me quer? Parece que sou uma pedra no sapato. Onde está meu pai? Onde está minha mãe? De quem mais sinto saudades é da Carminha. Estou longe da minha irmã e não tenho uma casa para morar. Sou jogada de um lado para o outro. Agora me jogam aqui. Que lugar é esse? O que eu estou fazendo aqui? Por que todo mundo olha pra mim como se tivesse pena?

Júnia. Júnia. Júnia. Eu me chamo Júnia. Repito meu nome na minha cabeça pra lembrar que eu ainda existo. Tenho medo de que a tristeza me engula e que devore o meu nome. Que ele desapareça que nem o rosto da minha mãe que tá se apagando um pouco a cada dia. Eu tento lembrar dela, mas é difícil. Uma mulher de véu branco, ajoelhada, rezando atrás da porta com a bíblia na mão... O que mais? Um dia no ônibus — só eu e ela — eu deitada no colo dela, a gente indo não sei para onde. Era a primeira vez que eu ficava assim, sozinha com ela, só nós duas ... O que mais? Mais nada... Não consigo lembrar de mais nada, não... O rosto dela, eu não lembro... Tudo borrado, apagado, parece que nunca nem existiu...

Ai, que frio! Eu não sei de onde vem tanto frio. Tem sol, mas eu tô toda arrepiada. Meus olhos estão vermelhos, eu sei que estão vermelhos. Tô chorando por dentro, tô chorando baixinho, soluçando de boca fechada para não fazer barulho, para não incomodar. Eu estou apavorada, coração acelerado, parece coração de beija-flor. O que vai ser de mim agora? Arrumo meu shortinho branco e minha blusinha que também é branca, minhas roupinhas são a única coisa que eu tenho para agarrar, para me confortar, a única coisa que é minha. Não tem ninguém por perto com quem eu possa contar. Eu continuo com frio, um frio que vem de dentro.

A primeira coisa que vejo é um portão de ferro, um portão muito grande. Respiro fundo. Por que a Carminha não está aqui para me dar a mão? Acho que a porta abre com a força do meu pensamento. Eu cubro o rosto com as duas mãos para que não me vejam, quero ficar invisível nessa hora.

Tudo parece grande demais, ou talvez eu seja pequena demais. O portão é pesado e preto, aberto parece um morcego gigante, que se resolvesse levantar voo, me mataria com a força daquelas asas. Parece a porta de uma caverna e, naquele momento, penso que não é nada bom morar nas trevas. Aprendi essa palavra com a minha mãe, "eu sou a luz do mundo, quem me segue não andará em trevas", lembro dessa frase que ela repetia a todo momento, para qualquer situação. E agora eu repito mentalmente.

O jardim é grande, de uma beleza distante e vazia, não vejo ninguém, nem adulto, nem criança. Será que tem escorpião ali, será que tem rato? Dá pra ver que o jardim é bem-cuidado; flores, plantas e algumas árvores pequenas. Não é mato que cresce e gente tem preguiça de cortar. Alguém cuida desse jardim, para que as plantas continuem a crescer fortes, crescer verde, bonitas. Às vezes dá vontade de ter nascido planta. Mas aqui e agora eu não me sinto planta nem flor, nem gente, eu me sinto como um pedaço de terra, como se alguém tivesse arrancado todo o verde, levado embora a semente e só ficou arbusto e espinho e eu preciso tomar um cuidado danado para não me arranhar e me machucar ainda mais com os meus próprios espinhos... Já sinto dor por toda parte.

Vou andando bem devagar, olho o tempo todo para baixo, olho para os meus próprios pés, conheço bem o formato dos meus dedos e a cor do meu chinelinho. Se eu ergo a cabeça, dou de cara com um mundo estranho, não encontro ninguém que conheço e, ainda por cima, revejo o portão-asas-de-morcego e o jardim-esconderijo-de-escorpiões. Sigo com o queixo grudado no peito até quase tropeçar numa mulher.

É uma moça muito branca, que está de braços abertos e tem um olhar que não me causa medo. É uma moça de gesso. Ela tem um pano bem longo na cabeça, igual ao véu da minha mãe, e um vestido bem comprido. Dá vontade de correr e sentar no colo dela, fazer carinho no rosto e enterrar minha cabeça no seu ombro. Ela está lá, imóvel, no meio do jardim.

Depois da estátua, vou percebendo que o lugar é bonito. Gelado também. É tudo muito limpo, arrumado, calmo, assustador. Não consigo comparar com nada. É bem diferente do lugar onde eu morava, lá era tudo muito confuso, tinha muito choro de criança e pouca voz de adulto. Minha mãe nunca estava em casa, papai chegava sempre gritando, reclamando, perguntando se tinha comida pronta, e depois saia de casa da mesma maneira que entrou. Carminha é quem cuidava de tudo...

Que lugar é esse aqui? Será que é um hospital? Será que eu estou doente? Será que foi meu pai quem me mandou para cá? Como é mesmo o rosto do meu pai? Eu fecho os olhos para tentar lembrar, mas não adianta, só consigo lembrar da voz grossa dele mandando a gente bater na porta das casas para pedir comida... depois me lembro que um dia me tiraram da minha casa, meu pai e minha mãe sumiram, e de repente eu fui parar na casa da minha avó... Será? Acho que foi isso... É, foi... Mas fiquei pouco tempo lá... Lembro que tinha gritaria, brigas e logo depois levaram a Carminha e eu para a "Casa das Meninas". Bonitinho esse nome, né? "Casa das Meninas", lembro que quando me falaram esse nome eu imaginei um monte de meninas como eu, todas de cabelo comprido e lacinhos, como eu gostaria de ter, mas nunca tive, por causa dos piolhos, todas sentadas uma do lado da outra tomando chocolate quente em xícaras enfeitadas, comendo bolo, biscoitos, pão de queijo.

Quando eu for maiorzinha vão me explicar que meninas brincam de chá de bonecas, mas eu não sabia o que era chá nem nunca tinha tido uma boneca, então café no copo era o que era. Mas a Casa das Meninas era bem diferente disso, bem diferente mesmo. Era, na verdade, um monte de crianças sendo empurradas de um lado pro outro, sem eira nem beira. Uma barulheira tão grande. Pra me distrair eu cantava pra mim mesma "Sou caipira, pira, pora, Nossa Senhora de Aparecida!" Às vezes minha irmã Carminha cantava comigo, mas na maioria do tempo ela ficava olhando em volta, perdida, triste. E mesmo quando cantava, parecia que não estava ali. Agora eu sei direitinho o que ela tanto observava.

Então minha irmã e eu resolvemos sair de lá. Os adultos disseram que a gente fugiu, mas eles não sabem de nada. A gente saiu de lá e só não avisou ninguém porque todo mundo estava dormindo, porque era de manhã, bem cedinho, e a gente saiu de lá porque a gente não gostou nem um pouco da Casa das Meninas. A gente tava com saudades da vovó, então a gente correu para a casa dela.

Mas esse lugar aqui parece diferente da Casa das Meninas. Que lugar será esse? Agora eu tô subindo uma escada bem alta, e lá no topo tem uma moça de preto, vestida como a moça de gesso, com vestido longo e pano na cabeça, mas essa é uma mulher de verdade. Ela vem me receber, e o frio aumenta. Um medo de ninguém me querer aqui. A moça fala bem baixinho, ela quase não mexe os braços nem as mãos para falar, só move os lábios e pisca devagar enquanto fala. Fico bem quieta, fico dura, abaixo a cabeça, dobro bem o pescoço e cubro meu rosto com as duas mãos. Se ela não vir o meu rosto tem mais chance de gostar de mim. Por dentro eu tô vazia, eu não existo, eu não tenho corpo, não sinto nenhum cheiro, só o susto e uma tristeza que não sei explicar, uma dor assim que começou sei lá quando, mas parece que não vai me deixar nunca. Então, a moça abaixa para falar comigo, e agora o meu choro já virou soluço, mas continua baixinho, trancafiado no peito, para ela não perceber. Tenho medo de ser empurrada para outro lugar outra vez. Os olhos da moça ficam na altura dos meus olhos — nunca vi ninguém fazer aquilo antes, eu fico gelada, continuo observando por entre os meus dedos que cobrem o meu rosto, tô com vergonha, tô com medo. Ela diz que se chama Irmã Imaculada — assim mesmo "Irmã" — e eu acho aquilo muito esquisito, porque a única irmã que eu tenho se chama Carminha, mas não digo nada, a última coisa que eu quero é incomodar, é ser uma pedra no sapato.

A Irmã que não é minha irmã, mas a outra, a Imaculada, de repente me dá um abraço, e nessa hora um perfume invade meu nariz e traz lembranças boas, lembranças que nem sei de que, e eu vou serenando aos poucos. É um cheiro bom, um cheiro de rosas, de jasmim, tudo junto, e isso vai me acalmando, então tento me lembrar qual foi a última vez que alguém me deu um abraço... A Carminha é quem sempre me abraça, cadê a Carminha agora? O que vai ser de mim sem a minha irmã? Que lugar é esse? Ninguém me diz porque eu tô ali, mas Irmã Imaculada me diz que aquela vai ser a minha casa daqui pra frente.

Olho em volta, a sala é gigante, maior do que todas as casas que eu morei antes, maior que tudo que já vi antes, e tem tapetes e cadeiras e quadros de pessoas; homens e mulheres de olhar bondoso como o das mulheres de branco e de preto, as duas, a Irmã, que não é minha irmã, mas é Imaculada, e a outra que fica paradinha logo na entrada do jardim, a estátua. É tudo limpo, tudo bonito, tudo grande, e também gelado.

As pessoas dos quadros ficam penduradinhas nas paredes, uma do lado da outra, olhando uma para outra. Fora da parede, a Irmã Imaculada também tem companheiras, pessoas parecidas com ela, que vestem branco, e carregam, todas elas, uma cruz no pescoço, e falam de um jeito manso, que parecem realmente se importar comigo e com os outros.

Uma outra Irmã, a Cacilda — todos os adultos neste lugar são "Irmãs", mas nenhuma delas é a Carminha — me dá a mão e eu levo um susto porque os adultos não dão a mão pra mim, só a Carminha, e na mesma hora eu puxo minha mão e esfrego as palmas bem forte no meu shortinho, que é branco, pra elas ficarem bem sequinhas, porque a mão da irmã Cacilda é gelada, molhada, e me dá um arrepio. Mas ela volta a pegar na minha mão, e com a outra faz um carinho na minha cabeça de um jeito que ninguém nunca fez, sorrindo. Então eu percebo que a Irmã Cacilda, assim como a Irmã Imaculada, não tem nojo de encostar em mim, não me acham suja.

Daí a gente vai andando, de mãos dadas, por um corredor muito espichado, uma coisa comprida, sem fim. O chão é brilhoso, dá pra ver o meu rosto refletido nas lajotas. Quando eu olho pra cima eu me assusto com o tanto que ainda falta caminhar para chegar, chegar lá não sei aonde, e quando eu olho pra baixo eu vejo, além do meu rosto, também minha blusa curtinha, meus shorts e minhas pernas compridas e magrinhas, e eu vejo a sombra bem grande da Irmã Cacilda, como se fosse uma montanha, como se fosse um cupinzeiro ao meu lado.

Como vim parar aqui? Cadê a Carminha? O que vai acontecer comigo agora? Cadê todo mundo? Será que aqui tem reza? Será que aqui tem briga? Será que vão se cansar de mim um dia? Será que vão me mandar embora daqui também? Parece que a Irmã Cacilda consegue ouvir as perguntas dentro da minha cabeça, porque ela se vira e olha para mim, então eu abaixo a cabeça. Nessa hora, ouço um berro bem alto, é uma voz, mas não é de gente. Levanto a cabeça e vejo um pássaro preto dentro de uma gaiola. Ele tá sozinho, parado no meio do poleiro, e olha pra mim sem piscar. Então ele abaixa a cabeça, olha pro chão da gaiola e eu tenho a impressão de que aquele bicho me entende direitinho, consegue saber o que eu tô sentindo lá no fundo, e então eu penso que a gente pode ser amigos. Agora eu também tenho uma companhia.

CAPÍTULO 2
O Chapéu mágico

Corre, corre, corre, eu digo para mim mesma, enquanto me espalho no pátio, abraço o abacateiro, como jabuticaba e faço carinho na cabeça do pássaro preto. Com a jabuticaba eu tenho uma história de amor — acho jabuticaba a melhor fruta do mundo — gosto de tudo nela: da cor, que é a mesma do meu cabelo e das penas do meu amigo pássaro, gosto do brilho, do cheiro, da casca lisinha, e, claro, adoro o sabor. Quando meu dente rasga a casca e entra na parte branca da fruta, é como se eu estivesse fazendo uma mágica, uma parte de mim vira árvore, eu crio raízes, afundo na terra e encontro todo mundo lá embaixo, o pé de abacate, o pé de manga, as cenouras e às vezes até o calor do abraço da Carminha. Quanto tempo não vejo Carminha...

Corre, corre, corre, enquanto carrego lenha, aproveito e faço outro carinho na cabeça do meu amigo pássaro preto que eu amo tanto quanto a jabuticaba, só que ele, apesar de sentir uma vontade imensa, eu não mordo não, porque sei que não pode, que ao contrário da vontade carinhosa de mordê-lo, iria machucá-lo, e isso eu não quero nunca.

Quando eu paro de correr, meu corpo fica duro, gelado, e eu caio num buraco comprido e escuro, como se fosse um poço sem fundo. Nas paredes desse poço estão grudadas as lembranças das coisas que eu perdi: a Carminha, o véu da minha mãe, o teto da minha casa, meu irmão Paulinho que morreu, e meus irmãos que continuam vivos, mas que eu nunca mais vi. Parei de vê-los muito antes de parar de ver a Carminha.

Corre, corre, corre, volta e meia uns caminhões estacionam na frente do Lar, trazendo sacas e sacas de comida. A gente sempre corre para o muro para ajudar as Irmãs a carregar as coisas para a refeitório. As Irmãs falam que a gente tem uma "vida de privações" e que elas conseguem nos alimentar graças a "doações de gente de bom coração". Eu nunca passei fome desde que me mudei para cá e também nunca precisei sair para pedir comida na rua.

Ontem teve doação de leite e hoje tem doce de leite! O cheiro do doce de leite me encontra antes de eu chegar no refeitório, vem pelo corredor e é doce de leite feito no fogão de lenha, em tacho de cobre, é leite de vaca, leite da roça, leite cru, feito no braço, leite e açúcar — mexe, mexe, mexe — até dar o ponto que é o ponto de passar no pão, antes do ponto de virar rapadura. Chego no refeitório e pego meu pão francês com doce de leite, e passo pelo fogão de lenha e vou até a gruta de pedra, que é toda verde, toda fresquinha e bonita. Tem uma santa lá dentro que é de pedra e um monte de meninas que são de verdade, que nem eu, e a gente vai lanchar lá dentro com a santa. É um momento muito especial esse pra gente! Todas as refeições no Lar são sempre em um refeitório muito organizado, onde as Irmãs nos ensinam boas maneiras; coluna ereta, cotovelo fora da mesa, mastigar de boca fechada, falar baixo, essas coisas que ninguém nunca tinha me explicado. Mas aqui, na gruta da Santa é mais divertido, aqui a gente consegue escapar e fazer um piquenique desse jeito.

Dança, dança, dança, eu digo para mim mesma, passando a vassoura de um lado para o outro e fazendo de conta que ela é meu par na dança, meu par na vida, fazendo de conta que ela é a minha irmã Carminha. Eu gosto de varrer, acho divertido, das obrigações que tenho aqui, essa é a segunda que mais gosto, porque melhor que varrer, só mesmo encerar.

Dança, dança, dança, tem pelo menos umas 15 meninas, além de mim, todas nós arrastando a flanela com os pés para espalhar a cera nas lajotas do quarto, pra ficar tudo limpo, tudo brilhando, tudo bonito. Não são as mesmas meninas sempre, porque tem gente que vem e tem gente que vai, mas as freiras, essas sempre ficam, e o chão que brilha também fica, e o pássaro preto fica, e eu também fico, dança, dança, dança...

— Que aconteceu, Simone? Por que você tá chorando? Chora não! Chora não!, falo para minha amiga, que tem a minha idade e tá no Lar não faz muito tempo, chegou depois de mim. Ela entra na lavanderia com os olhos inchados, vermelhos, com um jeito de caminhar cansado e torto, que parece até que já tem 200 anos de idade.

— Acabou a visita. Minha mãe precisou ir embora. Não tenho coragem de ir até o portão com ela, tô muito triste...

Nós, as crianças, quase nunca saímos, mas o Lar está aberto para qualquer parente que queira visitar as crianças. Não são muitas as meninas que recebem visitas, eu, por exemplo, nunca recebi nenhuma. Eu saio para as férias, só isso.

Simone me diz que a mãe dela, dona Cleonice, não tem emprego certo e está procurando trabalho para levar a filha de volta, pra elas morarem juntas outra vez. Dona Cleonice deixou uma carta para Simone ler quando estiver triste. A carta conta tudo o que ela está fazendo para levar a filha de volta, para Simone ter certeza de que não vai ficar no Lar para sempre, e isso lhe deixa um pouquinho mais feliz. Eu não entendo bem, não me parece ruim ficar aqui para sempre e nem fico triste de pensar nisso.

— Eu não tenho coragem de me despedir da minha mãe. Você vem comigo, Júnia?

— Claro que eu vou!

A gente corre até o muro, eu peço ajuda para mais duas amigas e a gente ergue a Simone bem alto: "Mamãe, mamãe, volta aqui!" Simone grita para a rua. Dona Cleonice corre de volta para o muro secando as lágrimas e estende as duas mãos para encostar nas da Simone do outro lado da cerca. Eu acho bonito, mas dá vontade de chorar, porque dá uma agonia. As duas querem tanto ficar juntas, que eu queria até poder ajudar, mas não dá pra fazer mais nada, além de só segurar Simone alto na cerca para ela ver a mãe um bocadinho mais. Depois que a dona Cleonice vai embora, eu abraço Simone, e ficamos juntinhas, e dá até pra ouvir o coração dela batendo. Ela continua chorando baixinho, soluça, engasga, parece até que vai ter um troço, e então eu abraço ela mais forte, mas sei que ela preferia o abraço da dona Cleonice.

Para as minhas amigas e eu, a mãe da Simone é uma pessoa de confiança, uma mãe de verdade! A Simone continua triste, chorando pelos cantos, e eu daria qualquer coisa para ter um pouquinho daquela tristeza dela pra mim... Porque a minha tristeza é diferente da dela, a minha eu não sei de onde vem, nem do que é...

Pula, pula, pula, eu digo para mim mesma, enquanto pulo corda, pulo amarelinha, pulo a fossa do porco, pulo a berinjela na hora do almoço e pulo da cama porque fiz xixi na cama de novo, e o lençol tá todo molhado. Isso acontece todas as noites, eu não sei porque. Ainda bem que tem um quarto só pra gente assim como eu, "o quarto das meninas que fazem xixi na cama". Eu durmo nesse quarto. A gaiola do meu amigo pássaro preto fica logo embaixo da minha janela, e ele é o primeiro pra quem eu dou "bom dia" quando acordo.

O segundo bom-dia é para Jesus Cristo. Reza, reza, reza, eu digo pra mim mesma. Rezo todos os dias, bem cedinho. Rezo para minha mãe voltar um dia, podia ser só pra me visitar, como a dona Cleonice, e nem precisa prometer me levar com ela. Rezo para meu coração não parar de bater, rezo para meu pai não bater na minha mãe, rezo para um dia eu encontrar alguém que goste de mim de verdade e que me queira. Alguém que queira me levar para morar junto um dia. Eu rezo todos os dias, quando acordo, e também logo em seguida, às seis da manhã, na missa. Todo dia. Mas essa oração é diferente, é maior, é junto com todo mundo. É na capela, que é grande e muito gelada e que dá eco quando a gente reza todo mundo junto.

Corre, corre, corre, e aí eu vejo o meu amigo, não o pássaro preto, o outro.

— Dois dedos de prosa, seu Rafael?, eu grito pra ele.

— Dois dedos só, porque preciso trabalhar, ele responde, sempre dando risada.

Seu Rafael é um homem bem comprido, e bem magrinho. Ele usa um chapéu de palha com abas bem largas e veste sempre a mesma roupa; uma calça bege clara, uma camisa azul, que ele deixa sempre as mangas dobradas, e botas pretas de borracha que não fazem nenhum barulho quando ele pisa no chão, parece até que ele flutua! E flutua mesmo, porque com aquelas botas ele anda no mato, dentro do Lar, na água, na capela, em todo lugar.

Seu Rafael deve ter uns 100 anos! É o que eu penso, mas quando eu for maiorzinha, vou perceber que na verdade ele não tem nem 50 ainda. O que é quase a mesma coisa, para quem tem pouco mais de seis anos de idade. Ele já nasceu segurando um carrinho de mão, e acho que também já nasceu com um cigarro de palha atrás da orelha, pelo menos eu acho isso, porque nunca vi ele sem o cigarro de palha atrás da orelha. Acho até que ele deve dormir com o cigarro ali. Ele tá sempre empurrando o carrinho cheio de plantas e mato que ele tira do jardim, da horta e do quintal. É ele que deixa tudo bonito daquele jeito.

Quando nos encontramos, ele sempre tira o nosso chapéu da cabeça. É que o chapéu de palha é dele quando ele tá trabalhando, e é meu quando a gente tá proseando, porque ele ajeita o chapéu na minha cabeça e aproveita enrola outro cigarro de palha, aí ele pega o que tava na orelha, e fuma, enquanto ouve meus "causos", e coloca o novo que ele fez na orelha, do mesmo jeito.

Hoje eu conto pra ele a história de uma fada que tinha comido muita jabuticaba e não conseguia levantar voo direito. Tava com a barriga muito pesada, voava baixo, voava torto e acabou batendo a cabeça numa cerca e caído dura no chão, tinha perdido a memória e, como ela não lembrava que era uma fada, acabou perdendo as asas também. Então ela foi levada para um Lar, que era o lugar para tratar gente como ela, sem asas nem lembranças. A fada que era fada, mas não lembrava, não conseguia comer quase nada, e desmaiava cada vez que via um pé de jabuticaba.

— Sabe o que é desmaiar, seu Rafael?, eu pergunto desabando no chão com um suspiro... E antes que eu possa deitar no chão, seu Rafael tira o chapéu da minha cabeça — que eu já tinha esquecido que tava lá — para não amassar.

E a fada fazia xixi na cama?, seu Rafael quer saber.

Eu não respondo na hora. Não tinha pensado nisso. Seu Rafael adora fazer perguntas assim, sem pé nem cabeça. Então eu tenho de pensar um pouco antes de responder e decido que ele tem toda a razão, a Zélia, esse é o nome da fada que tinha esquecido que era fada, fazia xixi na cama, sim senhor... Mas isso não tem problema e também não tem nada a ver com a história, porque a Zélia tava um dia distraída passeando pelos jardins, ouvindo os passarinhos e a cantoria da capela quando viu uma uva bem madura, preta e redondinha e resolveu provar. Só que, no momento em que ela colocou a fruta na boca descobriu que a uva era, na verdade, uma jabuticaba. E na mesma hora que ela sentiu o gostinho doce da fruta na língua, a memória voltou, as asas cresceram e ela levantou voo de volta para a casa dela.

— Gostou do meu causo de hoje, seu Rafael?

Ele ri, coloca o chapéu na cabeça de volta e diz que sim. Que adorou.

Eu aprendo um monte de coisas com o seu Rafael. Acho que ele é a pessoa que mais me ensinou coisas no Lar. Mais que as freiras até, mas elas não podem saber disso. Ele me ensina coisas das pessoas, coisas da terra e coisas dos bichos. Ele também conta muitos causos, só que as histórias dele não saem de dentro da cabeça dele como as minhas, saem de dentro da vida mesmo. Ele já me ensinou a colher cenouras, e eu acho a coisa mais linda, porque tem aquele monte de verde na horta, parece que é só uma plantinha, e aí, quando a gente puxa, explode a terra e toda aquela cor de laranja na frente dos olhos da gente, vindo direto de dentro da terra. Cada cenoura grande, bonita.

Lava, lava, lava. A gente lava o corpo e o cabelo, que é sempre curtinho, e igual de todas as meninas, pra não dar piolho e não ter doença. A gente também lava a roupa na lavanderia, com o sabão que a gente mesmo faz, óleo usado, detergente e soda. Mas as crianças não mexem com a soda, a gente trabalha a mistura e corta com uma espátula.

Hora de ir pra cama é oito da noite. Cinco e meia da manhã é hora de acordar. Eu tô na cama dormindo, quentinha, quietinha e daí uma mulher vem me acordar. Ela usa a mesma roupa das Irmãs do Lar, ela é uma freira também, mas ela é diferente das outras Irmãs, ela tem uma pele bem bonita, uma pele que brilha, uma pele da cor da jabuticaba, bem escura, muito bonita. Ela parece mais com a maioria das meninas, porque não é tão branca como a estátua, nem como as outras Irmãs. Ela fica em pé ao lado da cama. Então eu me sento pra falar com ela e ela me diz assim:

— Júnia, daqui pra frente você nunca mais vai ficar sozinha, tá? Daqui pra frente eu estou aqui pra cuidar de você. Eu jamais vou te abandonar.

Eu presto atenção, mas tô com muito sono, e deito de novo e volto a dormir, e agora no meu sonho — eu repito para mim mesma as palavras da freira: "Daqui pra frente eu vou cuidar de mim. Eu jamais vou me abandonar."

E nesse dia meus lençóis estão sequinhos. No outro também, e no outro. Depois de um mês eu mudo de quarto. Não preciso mais dormir no "quarto das meninas que fazem xixi na cama".

CAPÍTULO 3
Carminha e o castelo

No quarto das "meninas que não fazem xixi na cama" onde eu durmo agora, tem 49 camas e 49 mesinhas de cabeceira. As camas são de ferro e as mesinhas também. Algumas são pintadas de branco, outras não tem pintura nenhuma e ficam assim prateadas mesmo, o que também é bonito. As brancas descascadas são as menos bonitas.

Na mesinha de cabeceira, cada menina tem suas coisinhas e eu tenho as minhas: uma escova de dentes, uma pasta de dentes, uma escova de cabelo, um sabonete, essas coisas que a gente precisa guardar, organizar e levar. Um dia esqueci minha pasta e a Irmã Lázara fingiu que ia me fazer escovar os dentes com sabonete. Depois desse dia eu nunca mais esqueço minha pasta de dente.

Todo dia de manhã a gente acorda e arruma a cama. O lençol de baixo e o lençol de cima tem que ficar bem espichadinhos, retinhos e enfiados debaixo do colchão, o travesseiro fica fofinho no centro da cabeceira e o cobertor precisa ser dobrado de um jeito diferente a cada dia. Por exemplo: segunda-feira é dia de leque, terça-feira de guardanapo, quarta-feira é flor.

Já faz quase dois anos que eu estou no Lar. É dia 5 de abril de 1981, meu primeiro dia de escola. As freiras falam que a caligrafia da gente é o nosso cartão de apresentação. Se você quer saber como é uma pessoa, basta ver como ela escreve. Letras tortas, atrapalhadas, difíceis são de pessoas atrapalhadas e confusas. Todas as tardes, a gente senta na sala de estudos e a Irmã Lázara fica ao nosso lado, nos orientando enquanto a gente copia os textos usando o caderno de caligrafia até a mão doer. Minha letra tá ficando bem bonita. Eu não sou uma menina confusa.

De manhã cedo, na fila para a escola, sempre vejo a minha prima Patrícia a caminho do colégio dela, eu me sinto tão importante por ser prima dela! Eu fico tão feliz, mesmo que ela não olhe pra mim.

— Aquela é a minha prima, Patrícia!, falo, baixinho, para as minhas amigas com muito orgulho. E elas dizem que já sabem, que eu falo isso toda vez que a vejo.

Durante os meses de aula a gente não tem um minuto livre, ou a gente está estudando, fazendo aula de música ou está rezando, ou está bordando ou está limpando alguma coisa. Quando tem intervalo, aí sim, a gente vai pro quintal e brinca de balanço, de gangorra, de pique-esconde e come tomate colhido do pé com açúcar, uma delícia!

— Você engoliu o sol, menina? Tá todinha brilhando, o seu Rafael me pergunta, sorrindo, enquanto pita o cigarro de palha dele.

— A coisa mais maravilhosa do mundo me aconteceu, seu Rafael, o senhor nem imagina! Sabe quem chegou no Lar? A minha irmã Carminha!

— Verdade? Mas isso é uma coisa boa demais da conta, não é não, minha fia? E ela vai morar com ocê agora então, é?

— Vai sim, é sim!!!!

— Isso é bom demais, uai! Então vai lá ficar com sua irmã, vai, vai, corre, não perde mais tempo com esse velho aqui não, fica lá com ela, vai, vai...

Seu Rafael acena para mim com o nosso chapéu no meio da horta, enquanto eu corro para encontrar a Carminha.

A Carminha chegou do nada no Lar, num dia quando eu saia da igreja. Olhei pra ela e soube que era um milagre. Eu tinha acabado de rezar. Fiquei encarando minha irmã sem piscar, sem nem respirar, fiquei muda porque não tinha nenhuma palavra no mundo para explicar aquilo que eu estava sentindo naquela hora, então ajoelhei no meio do pátio e comecei a rezar de novo, dessa vez não pra pedir, mas para agradecer a Deus por ele ter devolvido minha irmã para mim. Carminha, que até então não parecia muito animada, riu.

— Não ajoelha não, Juninha, o chão tá muito quente — vai se machucar toda. Vem aqui me dá um abraço apertado, tô morrendo de saudades!

Grudei na minha irmã feito um véu, não saia do lado dela pra nada, tinha medo que ela fosse embora de novo, sumisse de novo, me deixasse sozinha de novo.

Mas durante o dia não tem jeito, cada uma de nós tem atividades diferentes, nossas próprias obrigações, mas quando a noite chega, quando todo mundo já está dormindo, eu atravesso bem devagarinho o dormitório enorme, vou com todo o cuidado do mundo para não fazer barulho, e então eu me deito embaixo da cama da Carminha, agarro a mão dela e durmo assim. Mas não dou mole, sempre acordo antes de todo mundo e volto rapidinho pra minha cama, pra não levar bronca das Irmãs.

Sempre que posso eu estou do lado da Carminha, e sempre que ela pode, ela está no jardim, porque minha irmã adora plantas, gosta de ficar perto, cuidar e de conversar com elas, um pouco assim como o seu Rafael, só que minha irmã não conta histórias, nem fala quase nada, ela é bem calada, quietinha. Às vezes ela canta. Tem uma voz muito bonita. Juntas, minha irmã e eu já demos umas duzentas voltas no pátio do Lar, desenhamos cada cantinho do jardim num caderninho velho que ela trouxe e disse que era nosso. E fizemos música de tudo o que faz barulho; pedra com pedra, pau com pau, pau com pedra e imitamos tudo quanto é passarinho que passa cantando.

Um dia, de tardezinha, sentadas no quintal, embaixo de um pé de jabuticaba, a Carminha tava bem quieta, mais calada que o normal, então, ela pegou minhas duas mãos e disse assim para mim:

— Olha só, Juninha, tenho uma coisa para contar pra você...

Eu olho para ela e vejo, adivinho nos olhos dela o que ela quer me contar. Então saio correndo bem rápido, corro sem olhar para trás, se ela não falar nada, se não abrir a boca, tem chance de tudo continuar igual. Corro, corro, corro e só paro quando chego na horta, mas só encontro cenoura, couve, nabo e nada do seu Rafael, então eu me sinto perdida e começo a gritar:

— Seu Rafael Seu Rafael! Seu Rafael!!!

Ele não aparece e eu continuou correndo, mais adiante uma porta se abre numa casinha de madeira e Seu Rafael vem em minha direção — é a primeira vez que eu vejo o seu Rafael sem botas, ele usa chinelos, e no lugar da roupa de sempre, está com uma blusa xadrez de flanela, mas não desgruda do chapéu que traz na mão — como se fosse um mascote.

— Que foi minha fia? O cê tá bem? O cê tá machucada? Aconteceu alguma coisa? Posso ajudar?

— Minha irmã vai embora para sempre, seu Rafael! Vou perder a Carminha de novo!

— Vem aqui minha fia, coloca o nosso chapéu... Agora me explica direito: tua irmã tá doente? O que ela tem?

— Não tá doente não, seu Rafael. Ela tá indo embora! Vai pra outro lugar! Não sei pra onde, mas não vai mais ficar aqui!

— Ah, que susto ocê me deu, fia! Achei que tua irmã tivesse doente, achei que ela tivesse morrendo! Esse é o único jeito de levar alguém que a gente gosta pra longe, pra sempre. Se ela tá viva, se tá com saúde, não é despedida não, é até mais ver, só. Separa agora, encontra amanhã, não preocupa não, ocês vão ficar juntas outra vez logo logo. Confia no seu amigo aqui. Já me despedi de muita gente querida nessa vida e sempre encontrei quem eu gosto de novo.

— Vou ficar sozinha, seu Rafael... sozinha de novo. Sem família de novo.

Ocê precisa caminhar um pouco pra clarear as ideia. Vem comigo que eu te acompanho de volta pro Lar, que já tá quase na hora do seu jantar e as Irmã todas vão ficar preocupadas se ocê não tá lá. Ocê tá vendo aquela jabuticabeira lá, coalhada de fruto? Cê pensa que ela já nasceu assim, cheia de fruto? Nada fia, ela levou mais de dez anos pra ficar desse jeito, tem umas que leva mais de quinze anos pra dar fruto, mas ela já nasceu jabuticaba, não é isso? Ela pega o alimento dela dessa terra, mas ela não cresce embaixo da terra feito uma batata, ela tem raiz, e é desse jeito que ela se alimenta. Já ocê não é planta, não tem raiz, mas tem seu coração que vai tá pra sempre ligado com o da tua irmã e desse jeito ocê pode se alimentar, ficar forte, crescer bastante e dá um montão de fruto, feito a jabuticaba, viu?

Naquela noite eu não dormi embaixo da cama da Carminha. Estava com raiva dela. Não conseguia entender como ela tinha coragem de me abandonar de novo, de me largar sozinha mais uma vez. E se ela se esquecer de mim? Eu me mexo de um lado para outro da cama, sem conseguir pregar o olho, até que sinto alguma coisa encostar na minha mão. Levo um susto, imagino que é bicho, mas quando olho para baixo, vejo que é a Carminha que está embaixo da minha cama e estende a mão pra mim. Nessa hora, eu choro, sinto as lágrimas rolando pela minha bochecha, e a raiva toda vai embora, e eu pego no sono.

No dia de ir embora, a Carminha faz tudo devagar, se move de um jeito lento, dá pra ver que ela não tem nenhuma vontade de ir para a casa nova, não parece feliz por ter sido adotada, como muitas crianças ficam quando isso acontece. Eu acompanho os passos da minha irmã, ela me olha do mesmo jeito de quando eu vim para o Lar e ela ficou na casa da minha avó. É um olhar de pena, de piedade, eu sei. E quando ela me abraça para se despedir, ela não chora alto, como eu, ela geme, parece um grito abafado, então ela me abraça e eu sinto que ela está tremendo, que ela está despedaçada.

Eu corro, corro, corro para o muro perto da lavanderia, onde tem um portãozinho de ferro, e enfio minha cabeça entre as grades pra poder ver minha irmã por mais tempo. Ela entra no carro, fecham a porta e ele já começa a andar, e minha irmã vai embora de novo. Naquela hora eu lembro da Simone se despedindo da mãe dela e aí me dou conta de que não adianta nada alguém me segurar no alto, porque tudo o que eu vou conseguir ver é o carro indo embora com as luzes vermelhas sumindo no escuro. Será que um dia eu vou parar de me despedir das pessoas que eu gosto? Quem vai segurar minha mão à noite de agora em diante?

O dormitório que já era grande fica ainda maior sem a minha irmã, as paredes ficam mais frias, o teto faz mais barulho de vento, de pombo, de assombração, fica mais difícil pegar no sono... Tudo isso só porque a Carminha não está mais lá, eu sei. E quase todas as noites, quando eu consigo pegar no sono, eu sonho com ela, a gente juntas, uma família, ainda que só de duas pessoas, mas duas é melhor que uma família de uma só, como estou agora.

Fico um tempão doente, sentindo dor no corpo inteiro, uma dor esquisita, às vezes é na cabeça, às vezes na barriga, às vezes nas pernas, mas a maioria do tempo o que doí mesmo é minha mão esquerda, a mão que eu estendia para Carminha quando dormia embaixo da cama dela. Às vezes eu penso que a dor vai me engolir e se ela não me devora todinha é porque eu sei que posso contar com o seu Rafael, com as Irmãs, com o pássaro preto e as outras meninas do Lar para me distrair.

Outra coisa que me faz esquecer da dor é "a chuva doce", as balas que a Irmã Magali lança lá de cima do dormitório para o quintal onde brincam todas as crianças. Essa chuva acontece toda vez que ela viaja ou fica fora por algum tempo, e é a coisa mais divertida do mundo.

Quando chegam as férias, as crianças precisam ir para casa, a casa delas mesmas ou de alguém. A minha tia Cidinha, que é prima do meu pai, pelo que eu soube, vem me buscar para eu ficar com minhas primas. Roberta, Rebeca e Patrícia. Eu tô super ansiosa, e nem consigo dormir direito.

No primeiro dia de férias, para um carrão na frente do Lar e uma mulher linda e loira sai de dentro dele. Ouço chamar meu nome. É a tia Cidinha. Nunca vi mulher mais elegante na vida! Ela dirige o tempo todo enquanto conversa comigo e fuma um daqueles cigarros finos e muito longos, bem diferente dos do seu Rafael. Eu leio a embalagem, tá escrito "Charm" e eu acho tão elegante aquilo! Quando eu crescer quero ser igualzinha a tia Cidinha, e fumar Charm igual ela, eu penso, enquanto olho para ela com a maior admiração.

A casa dela é a coisa mais linda, grande e muito iluminada. Minhas duas primas, Roberta e Rebeca vêm correndo do quintal para me receber e eu quase me sinto como uma nova irmã delas também, que estivesse voltando de uma viagem muito longa e parece que elas estão com saudades de mim, que me conhecem desde sempre. Já a irmã mais velha, a Patrícia, fica quieta, mais distante. Cada um é de um jeito, né?

Eu mal posso acreditar que me escolheram para passar as férias naquele lugar. É como se, de um dia para a noite eu tivesse ganhado uma família! Passo os dias grudada na Roberta e na Rebeca, brinco com os brinquedos delas, uso as roupas delas e a gente faz tudo juntas. Na casa da tia Cidinha tem televisão, refrigerante, empregada, chuveiro bem quentinho, mas o melhor mesmo é que naquela casa tem a tia Cidinha e as minhas primas, a minha família.

A Roberta, a Rebeca e eu estamos sempre juntas. Eu fui para um clube com elas, entramos na piscina, brincamos de bola, de pular corda e dançamos, a gente adora cantar e dançar! A gente ensaiou um show que apresentamos para a tia Cidinha. A gente também vai para o Barreiro, e tem um hotel lá que é a coisa mais linda. Minha tia Cidinha faz muitos trabalhos lá como cabeleireira, ela também organiza desfiles de modas e por conta disso a gerente do hotel deixa que a gente use as "dependências do estabelecimento" (aprendi essas duas palavras hoje) e a gente também vai conhecer a casa da dona Beja, tomar águas medicinais. Eu acho horroroso o gosto das águas, mas adoro ouvir sobre a dona Beja, aquela mulher bonita que sabe o que quer e que faz o que acha certo, ninguém precisa mandar nem autorizar, assim como minha tia Cidinha.

Eu vivo as férias duas vezes, a primeira quando estou lá com minha tia e minhas primas, é claro, e a segunda quando eu conto tudo — timtim por timtim para o seu Rafael, que ouve tudo com um sorriso no rosto, enquanto capina a horta do Lar. De vez em quando ele faz alguma pergunta sobre o hotel, sobre as minhas primas, e sobre a Luiza Brunet que eu conheci porque naquele ano ela participou de um desfile no Grande Hotel do Barreiro, em Araxá, e teve o cabelo arrumado pela minha tia Cidinha.

Durante todo o tempo de aula, agora, eu espero ansiosa, pelas férias. O ano todo contando os dias para que as férias cheguem logo, de novo. Demorou, mas está chegando. E quando faltam poucos dias, Irmã Cacilda me diz que minha tia Cidinha ligou para avisar que nestas férias não vai conseguir me buscar.

O que será que eu fiz para minha tia Cidinha não me querer nestas férias? Não consigo parar de pensar. Com certeza a culpa é minha, deve ser minha. Alguma coisa eu devo ter feito de errado. Por que ao menos a tia Cidinha não explica pra mim o que está acontecendo? Por que ninguém fala comigo? Nessas horas eu começo a cair naquele poço escuro, e vejo o véu da minha mãe, e todas as coisas que eu perdi. Minhas mãos ficam geladas, como há muito não ficavam. E aí eu corro, corro, corro...

— Dois dedos de prosa, menina?, pergunta seu Rafael?

Eu sento do lado dele e ele me passa o chapéu, mas eu fico quieta. Eu tenho vontade de contar pra ele que desta vez minha tia Cidinha não virá me buscar, mas tenho vergonha, eu passei o ano inteiro falando disso e agora minha garganta fica engasgada, e eu sinto muito frio e então eu me abraço apertado e olho pra minha barriga. Daí seu Rafael tira o chapéu da minha cabeça e coloca de volta na dele.

— Hoje sou eu que vou te contar um causo, vou te contar a história do nome do meu filho, ocê quer sabe da história do nome dele?

Faço que sim com a cabeça e naquela hora sinto um vento quente e eu descruzo os braços. Então seu Rafael me diz que ele e a mulher não conseguiam se entender sobre que nome dar ao menino. A mulher dele tinha uma lista de nomes dos mais esquisitos. Atila, Bartolomeu, Casimiro, Jacinto, Serafim. Já seu Rafael só conseguia pensar em dois nomes: Rafael Filho e Manoel Neto. A mulher dele não pode nem ouvir esses nomes.

— Nem ouvir!, diz ele bem alto, enquanto solta a fumaça em forma de círculo no ar. Ele sabe que eu adoro quando ele faz aquelas bolinhas de fumaça.

Quando a sogra do seu Rafael foi conhecer o neto, o menino já estava no mundo há uns 15 dias e ainda não tinha nome. Ela achou que aquilo não era nada bom, achou aquela situação arrevesada e então ela falou assim: "Um nome não é só um nome. Um nome é também desejo. O que vocês dois querem pra vida dessa criança?" Então ele e a mulher pensaram muito e tiveram a ideia de batizar o menino de Jordão, por conta dos sete mergulhos no rio Jordão.

Cê conhece essa história, menina?

Conheço não.

Seu Rafael então dá uma pitada bem demorada no cigarro dele, olha para o céu e conta:

— Numa terra bem longe daqui, há muito, muito tempo atrás, vivia uma menina que eu imagino na minha ideia, era bem parecidinha assim com ocê e ela era pequenininha, magrinha, de olho escuro, cabelo escuro e coração bom. Essa criança trabalhava na casa de um homem demais de poderoso, de rico, mas que tava bastante doente.

— Como chamava a menina?

— Sei não o nome dela, mas de uma coisa eu tô certo, essa criança podia ter continuado com os afazeres dela sem nem ligar a mínima pro tal patrão, que dava casa e comida em troca dela cuidar da casa e da esposa dele, mas ela fez diferente, ela olhou pra ele, viu a doença e lembrou que, na terra de onde ela vinha, tinha gente que podia ajudar o patrão, e então ela deu essa ideia para ele. Depois de matutar sobre o assunto, de conversar com a esposa, o tal homem resolveu fazer a viagem para conhecer o tal profeta da terra da menina. E quando ele chegou na casa do Profeta, recebeu a mensagem, entregue por um garoto, de que devia mergulhar sete vezes no rio Jordão para ficar curado. Mas ele não gostou nadica de nada dessa história, viu? Que coisa é essa de deixar um homem rico e poderoso como aquele sem um convite para entrar em casa, se sentar, beber um chá? Que coisa é essa de enviar menino de recado? O homem decidiu ir-se embora. E no caminho de volta para casa, no lombo do cavalo, nas margens do rio Jordão, que era um rio por demais de barrento, e era essa também uma das razões que o tal não queria saber nenhum pouquinho de entrar naquelas águas, a mulher dele que gostavam dele por demais e queriam o seu bem, convenceu o marido a mudar de ideia. Ele apeou do cavalo e mergulhou, então, sete vezes no rio. Ocê sabe por que tem de ser sete vezes?

Sei não!

— O primeiro mergulho era pra mostrar que ele era humilde, o segundo era pra mostrar que ele também era obediente, o terceiro era pra mostrar que ele fazia a parte dele, era dedicado, o quarto mergulho provava que ele era uma pessoa que não desistia, que perseverava, o quinto mergulho servia pra mostrar que ele tinha entusiasmo, energia e daí vinha o sexto mergulho, a prova da fé.

E o sétimo mergulho?

— O sétimo é o da vitória, uai! Esse sim é dado com alegria, logo depois de sentir a cura. Não é uma história demais de bonita? Se meu filho tivesse nascido menina, eu punha nele o nome da mulher do homem, que eu nem sei qual é, mas que fez a coisa mais bonita e certa que a gente tem de fazer nesse mundo de meu Deus, eu penso. Mas como nasceu homem, batizei de Jordão, o rio que cura.

E ele foi curado?

— Ele foi curado. Claro. E o seu coração também vai ser, viu minha fia? Fica tristinha não. A partir de hoje eu vou deixar o nosso chapéu só com ocê. É presente. Sempre que ocê ficar triste demais da conta, coloca o chapéu na cabeça que as ideias vão ficar mais claras, viu?

Deixei o seu Rafael sem saber direito se aceitar o nosso chapéu só pra mim era melhor ou não. Fui para o dormitório e fiquei por ali, ouvindo os planos para as férias das minhas amigas. Foi quando a Zilamar se aproximou de mim e disse que se eu não tinha pra onde ir nessas férias, eu poderia ir para a casa dela. "Eu já pedi pra minha mãe e ela deixou", foi o que ela me disse.

A Zilamar mora com a família dela num castelo no meio de uma floresta encantada, é a coisa mais linda! A casa é todinha de madeira, todinha. Parece até um sonho. A casa tem cheiro de pêssego no ar, que se enrola em tudo, nos móveis, que são poucos, nos meus cabelos, que são muitos e nos pêlos do gato, que não é pouco, nem muito, é normal. Foi aí que eu descobri que a mãe dela faz doce de pêssego pra vender. Delícia de doce! Delícia de casa! Delícia de família! A Zilamar tem dois irmãos e uma irmã, eu sou recebida com o maior carinho do mundo, sou recebida como a Princesa do Castelo. Eu nunca tinha sido recebida assim em lugar nenhum.

Quer um refrigerante? Pergunta Zilamar.

Re-fri-ge-ran-te! Que coisa mais maravilhosa, aquilo! Não pelo gosto, que nem acho tão bom. Mas pela proibição. A gente não pode nem falar a palavra refrigerante lá no Lar, quanto mais beber. E eu bebo, e percebo que o refrigerante não está gelado, como ficava na casa da tia Cidinha, que até doía a garganta, mas também não está quente, como eu pensava que estaria, porque na casa da Zilamar não tem geladeira. Mas não precisa, porque na casa da Zilamar eles têm um truque que ela me mostrou. Ela me pega pela mão e vamos andando pelo meio do mato até chegar à nascente do rio. É um lugar mágico, com umas árvores enormes, um monte de flores daquelas que crescem grudadas no tronco das árvores, orquídeas, eu acho, e muito mato, muito verde. Daí, bem no lugarzinho onde brota o rio, uma nascente, bem no quintal da Zilamar, a água é bem geladinha e escorrega por um monte de pedras, feito uma cascatinha, até ganhar tamanho, ganhar força e virar um rio de verdade, desses que a gente tá acostumado a ver nos livros, na televisão. Então, eles colocam a garrafa de refrigerante e de água e o que mais eles querem que fique geladinho ali e deixam por um tempo. Os vidros ficam deitadinhos lá, e nós, as crianças, ficamos em pé nos galhos das árvores e a gente colhe manga, colhe abacate e brinca de casa na árvore, tudo na nossa imaginação, né? Porque casa na árvore não tem. Mas é como se tivesse, porque a árvore tá lá, é claro, mas a casa a gente inventa e a nossa casa da árvore é tão linda quanto o castelo que a Zilamar mora com a família dela. Só que a nossa casa na árvore tem essa geladeira, ali, e a gente desce uma escada, que é o tronco da árvore, e pega o refrigerante geladinho da nossa geladeira ribeirinha, e eu achei aquilo o máximo.

Na casa da Zilamar a gente vai dormir mais cedo do que no Lar, porque não tem luz por aquelas bandas e o lampião a querosene é fraquinho, então a gente vai deitar com o sol e levanta com ele também.

Um dia eu acordo e o cheiro de pêssego tá mais forte que o normal, é o dia da conserva. Quando desço da cama vejo a família inteira trabalhando em volta da mesa da cozinha, menos a Zilamar que acaba de acordar, que nem eu. Em cima do fogão um tacho de cobre enorme cheio de pêssegos inteiros que nadam em uma calda que parece cristal, uma calda cheirosa, de açúcar. Naquela hora eu tenho a certeza de que aquele é o lugar mais maravilhoso do mundo e que eu sou a menina mais sortuda do universo por ter sido convidada por aquela família a fazer parte da vida deles por um mês inteiro de férias.

De volta ao Lar, a primeira coisa que eu faço é contar tudinho para o seu Rafael e ele também fica encantado com o castelo da Zilamar, ele diz que sente até o cheiro do doce de pêssego, depois me conta que conhece a família da minha amiga e até o gato deles, e me diz também que eu tinha descoberto o maior e mais valioso de todos os tesouros dentro do Castelo da Zilamar: a amizade. E eu concordo com ele.

Aqui no Lar, além de estudar e rezar, todo mundo precisa trabalhar, todo mundo precisa ajudar. Uma das minhas tarefas é limpar o salão que as Irmãs alugam para as festas de aniversário, casamentos e outros eventos. O aluguel é uma das formas de conseguir dinheiro para as despesas do Lar, as Irmãs explicam. Esse é um trabalho bem difícil, porque a sujeira é sempre muita. E a gente chega pra limpar, muitas vezes antes mesmo de todos os convidados dessas festas irem embora. Então, a gente chega com vassoura, balde e rodo nas mãos, vendo um monte de crianças da nossa idade saindo da festa com pilhas e pilhas de presentes, levando bolo, docinhos, felizes de mãos dadas com os seus pais... E toda vez que a gente chega, o salão tá de pernas pro ar, e tem fatias de bolo enormes com uma mordidinha só, dentro do lixo, docinhos inteiros pisados no chão, chapeuzinho rasgado, bexigas estouradas, refrigerantes abertos pela metade, é tanto desperdício que dá um nó na garganta.

Quando a gente termina a limpeza, a gente brinca de teatrinho. "Faz de conta que agora é o aniversário da Júnia!", então eu vou para trás da mesinha do bolo e todo mundo canta Parabéns pra mim... Cada vez que termina uma festa, a gente faz isso, cada vez a gente finge que é o aniversário de uma das meninas. Esse é o único jeito da gente ter uma festa, ainda que imaginária. Aqui no Lar ninguém nunca teve bolo de aniversário, nem festa, nem nada, não que eu saiba.

Na escola, que é fora do Lar, eu me torno a melhor amiga da Ítala. Ela até se parece um pouco comigo, de altura, de jeito, só que é loira. No recreio estamos sempre juntas, conversando, brincando, correndo. Então um dia ela me convida para o seu aniversário.

— Dá pra imaginar uma coisa dessas, seu Rafael? A Ítala quer que eu vá para a festa dela!

— Isso é uma maravilha! E já tá tudo certo pra você ir?

— Tá não, seu Rafael, tá não.... A festa é dia de semana, e dia de semana eu não posso sair do Lar, a não ser para ir para escola.

— Preocupa não, sua amiguinha tem pais não tem? Eles vão dar um jeito, confia.

E não é que o seu Rafael acertou em cheio? O pai da Ítala, um dentista muito conhecido em Araxá, vai até o Lar para falar com a Irmã Imaculada, e diz que a minha presença na festa é o maior presente que a Ítala poderia ter, isso não é demais de bonito? Eu me senti a pessoa mais importante do mundo. A Irmã Cacilda conversou comigo e fez várias recomendações de como eu deveria me portar na festa, normal, assim como uma mãe faria com uma filha, eu acho. No dia seguinte, vou correndo contar as novidades pro seu Rafael.

— Foi a festa mais linda que eu já vi na vida. A casa inteira estava enfeitada com balões, tinha um monte de crianças, um monte de brincadeiras e uma mesa de doces que só o senhor vendo para entender... ah, aqui... espera um pouco: trouxe esse brigadeiro pro senhor... oops! Amassou um pouquinho, né?

— Amassou nada, delícia de docinho, precisava se incomodar não, minha fia, mas obrigado pela lembrança, viu?, diz ele com a boca cheia.

Eu mal consigo dormir naquela noite depois da festa, de tão animada. Aquele dia parece carinho de irmã, parece dia de doce de leite no Lar, tão bom quanto ouvir história embaixo do chapéu do seu Rafael. Quando finalmente consigo pegar no sono já tá quase na hora de levantar e ir para a missa.

Eu rezo nas missas das seis da manhã e das seis da tarde, rezo na missa aos sábados e domingos e rezo as Novenas, todas às quintas-feiras, à tarde. Mas não tem coisa mais divertida do que sair pelas ruas de Araxá na kombi da Irmã Cacilda, que é a pessoa mais carinhosa e engraçada que eu conheço. Vamos sempre com outras três ou quatro meninas, olhando a cidade, as pessoas, o movimento, fazendo piada, cantando músicas que a gente não ouve no Lar, mas a Irmã Cacilda canta com a gente na Kombi. Eu adoro essas tardes! Não acontecem muito; uma ou duas vezes por mês. Cada tarde dessas vamos na casa de uma senhora diferente, e essas senhoras sempre convidam outras amigas. No total é uma sala com umas dez senhoras, cinco crianças e meia dúzia de bolos diferentes. Em algumas casas tem até docinhos, pão de queijo, queijadinha. Também costuma ter café e suco. Mas os bolos e doces são o ponto alto das Novenas!

— Rezem com fé, rezem com devoção porque a comida é boa!, diz pra nós a Irmã Cacilda. Então a gente enche o peito e pensa em Jesus e no pão de queijo e solta a voz com fé em Deus e no bolo de fubá, e as senhoras cantam também, é uma cantoria fervorosa e gulosa! Essas Novenas nas casas das senhoras de Araxá acontecem sempre às quintas-feiras, o dia das Novenas. Então, a gente sempre torce para ter Novena fora, porque é melhor que só a gente no Lar, sem comida boa.

Já o pior dia da semana é a segunda-feira. É que às segundas-feiras, a Irmã Aparecida insiste em me arrastar junto com ela para limpar os túmulos e velar pelas almas dos mortos. Eu fico apavorada! A Irmã Aparecida é uma alma boa e uma mulher bem alta, bem magra, bem branca, parecendo a estátua do jardim, ela também é bem séria. Ela é da Áustria, e tem um temperamento mais reservado que da maioria das Irmãs do Brasil. Ela sempre traz, em volta do pescoço, uma corrente de prata com Jesus Cristo, e costuma caminhar na maior calma, varrendo os túmulos, colocando flores frescas, tranquila, como se estivesse passeando em um jardim florido, enquanto reza pelas almas dos que já partiram. Enquanto isso, eu fico limpando os túmulos e olhando a fotografia dos mortos nas lápides. É quando vejo a morte assim, de tão perto, e nessa hora eu entendo o que é morrer. Sinto que chego no fundo daquele poço das coisas perdidas que eu caio toda vez que meu coração para de bater, e naquele lugar eu descubro, de uma vez por todas, que o que mais quero mesmo é viver. Fora às segundas-feiras, a morte volta a ser algo mais distante e até "comemorada" por nós, as meninas que, sempre que morria alguém, algumas das senhoras das novenas, era também o nosso passaporte para sair, ir rezar junto com as Irmãs, para encomendar a alma à Deus.

Eu sigo vivendo e rezando na missa do fim do dia, na missa aos sábados e domingos, rezando as Novenas, toda quinta-feira à tarde e rezando também para minha tia Cidinha vir me buscar para passar as férias com ela e minhas primas. Acho que de tanto eu rezar, meu pedido é realizado, de um jeito até melhor do que eu esperava. Primeiro aparece no Lar um casal de norte-americanos, eles me conhecem, gostam de mim e resolvem me adotar.

A Irmã Imaculada consulta minha avó e pergunta se ela está de acordo que eu vá morar nos Estados Unidos. Vovó Nina pensa com os botões dela e decide não autorizar minha adoção. Eu não sei bem porquê, acho que só os botões do vestido dela sabem a razão. Mas acaba que eu nem tenho muito tempo para ficar triste, porque poucos dias depois, acontece a coisa mais emocionante do mundo na minha vida, a tia Cidinha, sem mais nem porque, aparece no Lar e fala assim para mim:

— A partir de hoje eu quero que você venha morar comigo. Você não vai ficar mais no Lar, a partir de hoje você tem uma família aqui no Brasil, que é o seu lugar.

Saio correndo pelo pátio para dar a notícia para o seu Rafael, quero que ele seja o primeiro a saber da novidade. Eu o vejo de longe, corpo curvado, capinando. Paro bem atrás dele esperando que ele note que estou ali, mas não funciona, então eu tusso, mas também não adianta nada, então eu puxo a manga da blusa dele, e ele ergue o corpo devagarinho e se vira sem pressa para me olhar, abre um sorriso maior que o mundo, crava a enxada no chão e se apoia nela.

Qual é a novidade boa, minha fia?

Só naquela hora eu percebo que fiquei tão entusiasmada esse tempo todo com a ideia de ter a tia Cidinha, a Roberta e a Rebeca o tempo inteiro ao meu lado, ter uma casa, ganhar uma família, que esqueci totalmente que pra isso eu também vou perder o meu melhor amigo, o seu Rafael. Essa ideia é tão maluca, tão não esperada que lágrimas gordas começam a rolar pelo meu rosto sem minha permissão e eu não consigo mais dizer nada, nem contar a novidade pra ele, com medo de que ele se sinta muito sozinho sem a minha companhia no Lar.

— Lembra do sexto mergulho no rio Jordão? Lembra da história que eu te contei? Esse é o mergulho da Fé! Acredita! Creia, minha fia! Depois disso é só não perder o entusiasmo e comemorar a vitória! Ocê vai tá pra sempre nas minhas preces, viu, criança? Pra sempre. E a gente vai continuar sendo amigo pra sempre, viu. Ele me diz, e me dá um abraço e me suspende no alto e diz que quer que eu seja muito feliz. Pede pra eu prometer pra ele que eu vou ser muito feliz. E eu prometo. E cruzo e beijo os dedos. E choro, de alegria, mas também já de saudade dele.

CAPÍTULO 4

Minha nova família

Estamos em 1985, seis anos após a minha chegada ao Lar, sigo agora para um novo recomeço. Uma nova vida, que começa em grande estilo, com um show! Na falta de uma professora de dança, entra a nossa imaginação, que é tão grande quanto a nossa paixão por Guilherme Arantes, a gente criou um figurino em tons de azul, sapatilha, fita na cintura. A trilha musical é "Deixa Chover" e a Patrícia é a nossa coreógrafa, ela é quem manda:

— Júnia, seja mais delicada, é para dançar como um pássaro, não como um avestruz!

Nós dançamos para a família, para os amigos, para os vizinhos. Família! Agora eu tenho uma família! Tenho uma mãe, tenho um pai, tenho três irmãs e um irmão, e não é só nas férias, mas todos os dias do ano. Eu me belisco para ter certeza de que não estou sonhando. A minha família agora não mora mais na casa que visitei nas férias, mas num casarão colonial, um daqueles que um dia foi de Senhor de Engenho, com cômodos enormes, teto alto, janelão. Tudo tão imenso que eu, a Rebeca, a Roberta e a Patrícia dormimos no mesmo quarto, com quatro camas, guarda-roupas e mesas de cabeceira e, ainda assim, sobra muito espaço para a gente ensaiar novas coreografias sem sair do quarto. Na parte de fora da casa, além de um quintal com plantas e com bichos, tem também uma construção, praticamente outra casa, com quarto, cozinha e banheiro. Acho que era o lugar dos empregados, ou dos escravos na antiga fazenda, mas agora é a casa do meu primo Túlio que mora lá, sozinho. Ele é o mais velho, e assim pode ter uma vida mais independente, como ele diz.

No primeiro dia na minha nova casa encontro minha cama toda arrumadinha e uma boneca de pano branca, de cabelo encaracolado e vestido amarelo. A minha primeira boneca de verdade! Nessa hora, eu me sinto também uma criança de verdade! Minhas primas também ganharam bonecas iguaizinhas a minha, mas com vestidos de cores diferentes. Eu nunca fui tão feliz na vida! À noite, quando eu vou dormir, eu estendo a mão para a minha irmã Carminha poder segurar nos sonhos dela, queria que ela estivesse comigo para poder ver minha boneca.

Os dias da semana são de estudo, alguns afazeres e brincadeiras. Aos fins de semana vou para o clube com as minhas primas — Araxá Tênis Clube (ATC). É a coisa mais linda: quadra de basquete, quadra de vôlei e uma piscina imensa. Eu fico no raso porque não sei nadar igual as minhas primas, mas mesmo assim me divirto muito.

A Rebeca tem um cachorro que se chama Cântor, um vira-lata branco, grande e divertido. Eu e minhas primas escrevemos muitas músicas pra ele. Eu chamo ele de "cantor", mas minha prima diz que tem acento, é "Câaanntor", ela diz. O quarteto, nós, as três meninas mais o cachorro, sentamos na escada que vai para o quintal e lá fazemos nossas serenatas. O Cântor até que canta bem, ele uiva e abana o rabo e baba emocionado. É a primeira vez que eu brinco com um bicho, eu nunca tive nenhum animal de estimação antes, só o pássaro preto lá do Lar, mas ele não era meu, era livre.

Na casa da tia Cidinha eu não preciso ir à missa todos os dias às seis da manhã, eu não preciso pegar lenha, nem lavar o chão, nem fazer sabão, não preciso bordar, eu também não tenho aula de ortografia e nenhum tipo de reforço escolar ou supervisão para a lição de casa, nada disso, nada. Sobra um tempo danado pra brincar.

Eu vou para a mesma escola que a Rebeca, mas não estamos na mesma classe, então, a gente quase não se vê, a não ser durante o intervalo. Tem vezes em que ela vem falar comigo, mas na maioria dos dias, ela fica com as amigas dela durante o intervalo. E eu não ligo, afinal, a gente já mora juntas mesmo. Quando volto da escola, encontro sempre a casa vazia: a Rebeca, a Roberta e a Patrícia, todas as três, estão envolvidas em muitas atividades: aulas de ballet, aulas de piano, aulas de idiomas, cada dia da semana é uma aula diferente. Eu não tenho nenhuma atividade extracurricular porque ainda estou me adaptando à nova escola. Então, na maior parte do tempo, eu fico sozinha com a empregada. Ela é muito legal. Mas a casa parece muito grande pra nós duas só. Justo eu que sempre morei com quase cem meninas, agora fico eu e mais uma pessoa só, estranho um pouco. Muito silêncio. Um silêncio diferente do Lar, porque lá, a gente tinha que falar baixinho, mas falava, sempre se ouvia passos pra lá e pra cá, aqui, na maior parte do dia não se ouve nada.

A tia Cidinha trabalha no salão de beleza de segunda a sábado, das sete da manhã às sete da noite. Aos fins de semana ela aproveita para ir a bailes dançar um pouco, então costuma acordar tarde aos domingos. O tio Franco tem uma vida muito puxada na construção civil, sai cedo e volta tarde para casa todos os dias. Na maioria das vezes eu nem vejo ele chegar.

No início, eu achei divertido passar as tardes, sozinha, vendo televisão, assistindo Xuxa. Achava o máximo assistir televisão, porque no Lar televisão não existia. A casa da tia Cidinha até tem lá suas regras, mas é quase nada se comparada ao Lar Santa Terezinha. Mesmo assim, minhas primas ainda reclamam de algumas.

Eu arrumo a cama antes de ir para a escola, lavo os pratos do jantar e guardo as louças, mas os dias são longos e ficam ainda mais compridos quando se está à toa. E mesmo fazendo isso, às vezes eu me sinto à toa. Sobra um tempão do dia, que eu jamais tive no Lar.

Agora eu tenho onze anos, não sou mais uma criancinha. Na escola, fiz amizade com a Alice. Ela é um amor de pessoa, e é uma menina muito amada também. Ela mora com o pai, a mãe e a irmã caçula, e ela tem uma casa de verdade!

A Alice é tão popular na escola como eu era no Lar. Tem um monte de amigos, conversa com todo mundo, tá sempre inventando uma coisa nova, um jogo, uma reunião, qualquer coisa. Um dia, depois da aula, Alice me convidou para passar a tarde na casa dela. Disse que iam suas cinco amigas mais próximas. Fiquei feliz de estar entre elas, mas, perguntei:

— Fazer o quê?

— Fazer nada, uai! Ficar lá, só... conversar, ver tevê, comer pipoca...

Eu vou!

As outras meninas acham que passar a tarde com as amigas é a coisa mais natural do mundo, elas fazem isso desde os seis anos, mas pra mim, essa é uma experiência nova, já que eu nunca tive casa, nem nunca tive amigas que tivessem casa.

Na casa da Alice, a gente passou a tarde inteira pintando as unhas umas das outras, penteando o cabelo umas das outras, lendo revistas, contando histórias e fantasiando a vida. Gostei tanto dessa novidade que agora eu já nem volto mais para casa para almoçar, tem sempre almoço na casa de uma dessas minhas novas amigas, e quando não tem, a gente cozinha qualquer coisa ou come pão com manteiga e bolacha mesmo, ou o que tiver. E as mães delas não ligam se elas tomarem refrigerante. O importante é estar junto. Nessas tardes que estamos juntas, eu me sinto menos órfã, não sou um estorvo, nem uma pedra no sapato, é como se eu nascesse de novo, dessa vez igual a todo mundo, uma criança que foi sonhada, desejada um dia. Na casa dessas amigas, não fico tão sozinha durante o dia como na casa da Tia Cidinha.

Tem alguns dias que nenhuma amiga me chama para passar a tarde com ela. São os dias que elas têm algum compromisso fora de casa. Então, nesses dias, eu vou direto da escola para casa e fico lá sozinha esperando a Rebeca e a Roberta voltarem, esperando algum programa bom na televisão, esperando o jantar, e então eu tenho algumas ideias... Experimento as roupas da tia Cidinha, coloco os sapatos de salto alto e desfilo, como se eu fosse uma "performance", uma modelo, ou estivesse fazendo uma apresentação. Às vezes eu pego um cigarro Charm, filtro longo e coloco de lado na boca, do jeitinho que minha tia Cidinha faz.

Um dia eu resolvi criar um novo show, uma nova coreografia. Também decidi preparar o drink que vejo minha tia bebendo todas as noites: "Martini", nome que eu acho lindo, parece sobrenome de estrela de cinema, ou alguma coisa de outro planeta. Tia Cidinha bebe em uma taça que parece um guarda-chuva aberto de ponta cabeça. Eu derramo um pouco da bebida transparente no copo e espeto bala de goma em um palito, tia Cidinha faz o dela com azeitona, mas eu não gosto de azeitona, então achei que com a bala de goma verde, ficaria igual, mas mais gostoso.

Depois, eu coloco um chapéu lindo que ela tem e um par de sapatos de salto bem alto vermelho pitanga, e eu mal consigo me equilibrar em cima daquilo, mas me sinto linda! Então sento na frente do espelho, passo um batom vermelho da cor dos sapatos e experimento o drink. O tal Martini é uma bebida horrorosa, sinto queimar minha garganta, minha barriga fica quente, eu tusso muito e quase me arrependo... mas então eu como a bala de goma, a e tosse passa, e eu olho a imagem no espelho: eu, o chapéu, o salto alto, a taça numa mão e o Charm na outra, é demais! Parece capa de revista! Eu poderia cantar com o Guilherme Arantes com esse figurino. E dessa vez, diferente das outras, eu decido acender o cigarro, pronto, agora sim o show tá completo, eu sou a tia Cidinha, um luxo só! Quando trago o cigarro, meus olhos ficam vermelhos da cor dos sapatos de salto e eu tenho um outro acesso de tosse ainda pior que o do Martini, e exatamente nesse momento, minha prima Patrícia chega. Ela olha para mim de cima a baixo, um olhar duro. E eu fico gelada.

O que você pensa que tá fazendo?

Anos mais tarde eu responderia: "Eu sou só uma criança sendo criança ou uma pré-adolescente sendo pré-adolescente — era só isso", mas naquela época eu não tinha nenhuma resposta, só tinha vergonha e medo.

O que você pensa que tá fazendo?

Eu ouço essa pergunta dezenas de vezes, centenas de vezes, primeiro da Patrícia, depois da minha tia Cidinha, por fim do tio Franco, e até a empregada quis saber o que eu penso que estava fazendo, como se eu fosse uma criminosa, como se nenhum deles tivesse tido onze anos de idade uma vez na vida.

O Martini não queima só a minha garganta, ele envenena a família inteira, e naquele momento eu não sou só a Júnia que veio do orfanato, eu sou a Júnia que veio do orfanato e que bebe, e que fuma, e passa a tarde inteira na rua. E então, a partir daí, começam as indiretas, os sustos, as ameaças. Eu fico apavorada. E quanto mais apavorada eu fico, menos eu consigo entender as coisas na escola, me concentrar, as matérias começam a flutuar na frente dos meus olhos como bolhas de sabão que explodem antes de entrar na minha cabeça, minhas notas, que sempre foram boas, começam a cair e pela primeira vez fico de recuperação. Percebo que minha letra está diminuindo, saindo

AS CASAS ONDE NÃO VIVI 59

da linha, ficando torta, eu nem consigo entender direito minhas próprias anotações e lembro da Irmã Lázara dizendo que a caligrafia da gente é o nosso cartão de apresentação. Se você quer saber como é uma pessoa, basta ver como ela escreve. Letras tortas, difíceis são de pessoas atrapalhadas e confusas...

Então, finalmente, tenho uma trégua, tia Cidinha avisa que vai para Grussaí, diz que pode me levar, mas que preciso providenciar todos os meus documentos: atualização do RG, carteirinha de estudante, essas coisas. Ela está ocupada no salão, não tem tempo para ir atrás disso e sou em quem tem que resolver. Eu resolvo tudo rapidinho, só preciso que a tia Cidinha vá comigo no dia seguinte na repartição para assinar uma autorização. Quando estamos na fila, uma professora da época do Lar Santa Terezinha, vem falar com a gente e me elogia:

— Parabéns pela Júnia, ela é uma aluna exemplar, tem uma ótima postura e é muito educada.

Fico feliz, há muito tempo ninguém me repara, nota que eu sou pessoa, me faz um elogio, olho para a tia Cidinha buscando alguma aprovação, mas ele não vem.

A viagem é uma delícia! É a primeira vez que eu vejo o mar. Como eu queria que a minha irmã Carminha estivesse comigo. Então fecho bem os olhos e penso nela, e daí coloco a língua bem esticada pra fora da boca e engulo a água, quero ver se é salgada de verdade e quero que a Carminha, que tá nos meus pensamentos, possa também sentir o sabor das ondas, o gosto do mar. E dentro do mar eu fico livre de todas as encrencas. Dentro do mar eu relaxo completamente, eu chego a boiar, e quando eu boio, as ondas me carregam para cima e para baixo, para cima e para baixo, como se o mar estivesse me ninando de um jeito que ninguém nunca fez. Fecho os olhos e imagino que estou de mãos dadas com a Carminha, e o toque dela me protege, mas nessa hora uma onda mais forte arrebenta em cima de mim e eu preciso levantar, abro os olhos e eles estão ardendo.

Sentadas na areia, a Rebeca, a Roberta e eu decidimos fazer um castelo. Elas têm uma pele bem clarinha, e precisam se proteger do sol, eu sou diferente — minha tia Cidinha, às vezes, me chama de "Pássaro Preto" — estamos trabalhando no nosso castelo quando uma bola perdida atinge nossa construção, feito uma bomba desmoronando a torre principal e a Rebeca e a Roberta imediatamente começam a resmungar e a olhar atravessado para o menino que vem atrás da bola, mas eu já estou correndo com a bola na mão para devolver e não é que me convidam para jogar vôlei com eles. Claro que eu fui, mesmo sem saber jogar.

No fim do dia, eu estou muito cansada, o sol, a água do mar, o jogo, tudo... Minha tia e minhas primas me convidam para ir com elas andar pela cidade. Mas eu estou realmente muito cansada, queimada de sol, com a pele ardendo, então digo que não vou e começo a organizar minhas coisas para o banho e caio no sono... Acordo num susto, sendo agarrada pelo tio Franco, ele grita comigo, está muito bravo, ele pega pelo braço e me coloca debaixo do chuveiro com blusa e tudo, os meus olhos ainda estão meio fechados de sono e cansaço, mas escuto ele dizendo que isso não é comportamento de gente, que isso é comportamento de bicho, dizendo que não vai admitir aquela imundície na casa dele:

— Será que você quer ir morar com seu avô? Porque é isso que nós vamos fazer: te devolver para o seu avô. Lá você não precisa tomar banho! Quer dormir sem tomar banho, deitada na cama, cheia de areia, tá pensando o quê? Desperto na hora. Tomo banho. Lavo a cabeça. Escovo os dentes. Volto para a cama. Antes de dormir, eu rezo e peço para o tio Franco esquecer do que eu fiz e esquecer do que ele disse que ia fazer.

De Grussaí seguimos em um passeio pelas cidades históricas, tudo muito bom e muito lindo. Até que numa tarde estamos no campo e tio Franco deita com a minha prima Roberta na rede e começa a cantar a música do Jair Rodrigues: "Tô indo agora para um lugar todinho meu, quero uma rede preguiçosa pra deitar..." e então ele acrescenta o recado criativo, "e eu vou voltar a morar na casa da minha avó, onde só tem bêbado e gente maluca igual a mim..."

Na volta da viagem, sinto medo de que eles desviem o caminho para cumprir a promessa de me deixar na casa dos meus avós.

Após as férias, as aulas recomeçam e eu volto para a escola, mas resolvo que não vou mais visitar minhas amigas por um tempo. Também prometo a todos e a mim mesma que nunca mais bebo o Martini da tia Cidinha e nem fumo o cigarro dela, nunca mais. São promessas fáceis de cumprir, eu mesmo não tinha nenhuma vontade de fazer aquilo de novo, foi só uma brincadeira boba de criança. O difícil mesmo é recuperar minhas notas. Ninguém acredita em mim, ninguém aposta em mim, mas eu preciso acreditar que vou conseguir passar de ano...

Um dia eu ouço minha tia Cidinha conversando com o tio Franco.

— Carminha tentou se matar. Tomou um vidro inteiro de barbitúricos.

— E agora? Tá onde?

— Tá no hospital. Vamos ver se consegue sair dessa.

Sinto um medo tão grande quando ouço aquilo. Não sei o que é barbitúrico, mas eu sei o que é morte. Naquela noite vou dormir sem jantar e estico a mão para baixo da cama para minha irmã conseguir pegar, para ela conseguir voltar, mas minha mão fica balançando sozinha. Naquela hora eu me lembro do seu Rafael e do que ele me disse quando a Carminha foi embora do Lar: "Achei que tua irmã tivesse morrendo! Esse é o único jeito de levar alguém que a gente gosta pra longe, pra sempre". Sento na cama e decido escrever uma carta para ele, mas não consigo começar, não sei o que escrever, então cubro minha cabeça com o lençol para sumir do mundo e tento dormir.

Na escola não consigo prestar atenção em nada, só penso em Carminha e em como ela está. Volto pra casa e tento estudar, mas não consigo me concentrar. Os livros parecem um monte de letras e de números um ao lado do outro e nada tem significado algum. Passo o dia sem saber direito o que fazer. À noite, ouço tio Franco perguntar:

— Congresso de quatro dias em Uberaba? É sério isso?

Tia Cidinha vai levar os funcionários do salão para um congresso de estética, em um ônibus fretado e, para minha surpresa, ela me inclui na viagem! Dá para acreditar numa coisa dessas? Nem sei dizer o que me deixa mais animada: viajar para Uberaba ou ser escolhida como acompanhante da tia Cidinha. Ela me quer perto dela, como companhia, como filha, ela escolheu a mim! Me pergunto se ela teria percebido as insinuações e provocações do tio Franco e da Patrícia e por isso quer me levar com ela, para não me deixar aqui exposta a essas maldades. Tenho certeza que vou aproveitar cada minuto da viagem.

Minha tia demora alguns dias para me avisar, para me convidar de fato. Passei os últimos dias ansiosa, mas, enfim, chegou o dia da viagem.

— Aceita um cafezinho? Aceita uma água? Um salgadinho?

Essa é minha função no ônibus, ser uma "rodomoça" e servir e ajudar a todos que estão no ônibus. São funcionários, clientes, fornecedores, amigos da minha tia e alguns outros donos de salão conhecidos dela.

Durante o seminário a rodomoça evapora e entra em cena a aprendiz de cabeleireira: misturo as tintas, enxáguo cabelos, seco penteados, limpo as bancadas, varro o chão. O mais difícil é conseguir atender todos. A minha volta ouço um coro de vozes:

— Juninha, meu bem, pega a tesoura!

— Juninha, traz o espelho aqui, querida!

— Pode acompanhar a cliente até o lavatório, Juninha?

— Varre o chão aqui pra mim?

— Vai comprar café!

— Vai comprar mais toalhas de papel!

— Por que você demorou tanto?

— Limpa essa bancada aqui!

— O que seria da gente sem a Juninha?, pergunta, no último dia um cabeleireiro que nem era do salão da tia Cidinha. Eles estavam todos felizes. E naquele momento eu recebi muitos elogios e agradecimentos, e fiquei feliz, me senti útil. Só fiquei mesmo um pouco chateada porque a tia Cidinha mesmo, essa não disse nada. Mas nessa hora, todos já se preparavam para ir embora e ela era a responsável pelo ônibus, tinha muitas responsabilidades.

Quando chegamos em casa, no domingo à noite, a Rebeca e a Roberta já estavam dormindo. Só a Patrícia ainda estava acordada. Ela abre a porta, beija minha tia Cidinha e pergunta:

E aí mãe? Como foi a viagem?

Tia Cidinha coloca as duas mãos no rosto e balança a cabeça de um lado para o outro, em sinal de desespero, em seguida, ela dá a resposta mais espantosa que já ouvi na minha vida:

— Foi um desastre. Um desastre completo. Essa aí me deu um trabalho que você nem imagina.

Depois de dizer só isso e não explicar mais nada, tia Cidinha se jogou na cadeira e passou o resto da noite, calada, bebendo Martini.

Na segunda-feira foi como se um balde de tinta cinza tivesse caído não sei de onde e pintado tudo de cinza. O sol, a lua, eu, minha tia Cidinha, a casa, a escola, a rua, o cachorro. Tenho dificuldade para sair da cama porque o chão agora está perto do teto e ele também é cinza. Eu não fico triste, também não fico assustada, eu fico cinza, assim como o resto do mundo.

CAPÍTULO 5

Tia Cidinha ou a
matriarca atormentada

A Cida está tão animada hoje! Há tempos quer trazer a Júnia para morar com a família. A Cida vai cuidar de você, amar você, proteger você, nunca vai deixar que nada de mal te aconteça, viu?

Um banho, várias xícaras de café, um cigarrinho e já é hora de ir para o salão. Hoje o dia vai ser agitado! No fim do dia vou buscar a Júnia no orfanato! Como é bom fazer o bem!

A alegria da criança quando vê a boneca que eu comprei e a cama que agora é dela! Tanta alegria, tanta emoção. Vontade de pegar a Júnia no colo e ninar... Mas preciso correr para o salão, uma executiva ocupada agendou corte às oito da noite que é o único horário possível na agenda dela, a moça é boa cliente, fiel e dá excelentes gorjetas, não tem jeito de recusar.

Tomo dois cafés e uma Coca-Cola, lembro que ainda não comi nada hoje... Nada como um cigarrinho para enganar a fome, cadê meu cigarro? Já acabou o segundo maço? Nossa, preciso me cuidar, mas outra hora, outro

dia penso nisso... Estou tão animada! Tantas mudan-
ças! O salão de vento em poupa. Quem muito recebe
precisa ajudar. Trazer a Júnia para a casa é uma maneira
de ajudar.

A Patrícia reclama da Júnia de vez em quando, mas
é nada não, é só ciúmes, coisa de adolescente. Depois
passa, hoje mesmo fizeram uma coreografia de uma
música do Guilherme Arantes: "Deixa chover", e de re-
pente, percebo que há tempos não chove, sinto falta do
cheiro da terra molhada, da renovação da vida, de uma
hora para outra me sinto tão seca, estou tão cansada,
muitas noites sem dormir, tenho trabalhado muito, mas
vale a pena. Graças ao meu trabalho vou poder dar um
lar para a Júnia.

Os dias andam cinzas, nublados, é o outono que che-
gou mais cedo. É difícil levantar com o dia assim, nubla-
do. Franco diz que tenho exagerado no Martini. Mas não
é nada disso. Tenho de me arrastar para fora da cama,
tomar uma chuveirada e seguir para o salão. Parece que
tem chumbo em minhas pernas, acho que nos últimos
meses fiquei 20 anos mais velha.

— Como tá indo com a quarta filha?, a cliente quer
saber interessada.

— Você teve uma filha?, pergunto confusa a outra.

— Você adotou uma criança?, a cliente insiste.

— Eu não, respondo perdida.

— A cliente tá falando da Júnia, Cida!, a assistente
vem em meu socorro.

— Ah, sim, a Júnia.... Ela está lá em casa sim... a Jú-
nia está lá... É uma sobrinha, filha de pais irresponsáveis.

AS CASAS ONDE NÃO VIVI 67

A pobre coitada estava jogada num orfanato. Fiquei com pena e peguei para criar.

As pessoas falam tão rápido, não tem jeito de entender coisa alguma... Ligo o secador bem alto e sorrio anestesiada. Nesse dia, dispenso uma das minhas assistentes, estava fazendo corpo mole. E, quem sabe, logo, logo, a Júnia bem pode varrer o salão, afiar alicate...Vou pensar nisso. Mas agora não importa, tenho muito o que fazer: shampoo, tintura, escova, atividades automáticas, repetitivas, programadas, coisas que eu não preciso nem pensar pra fazer. Em dias de pouco movimento, vou para os fundos do salão, me tranco no quartinho de estoque e durmo um pouco, duas horinhas, no máximo. Não vejo a hora de chegar em casa, preparar meu Martini, e depois ir pra cama.

Nada como uma boa noite de sono! Depois de algumas semanas de cansaço, a Mulher Maravilha acorda se sentindo no topo do mundo de novo! Vou levar as meninas para Barreiros hoje! Já ouço o grito de alegria das quatro lá, juntas, correndo de um lado para o outro dos jardins, entrando na piscina. Já imagino as histórias que elas vão inventar sobre a dona Beja.

Meu "Pássaro preto" preciso de um maiô. A tia Cidinha vai parar em uma loja no centro para resolver isso antes de pegar a estrada "Cida e suas quatro filhas!" Que coisa boa isso! Que delícia!

A loja tem todo o tipo de roupa de piscina e de praia e aproveito e compro maios novos para as quatro com shortinho e blusinha combinando; compro também chinelos novos porque os delas são do verão passado e já estão ficando pequenos e também fitas de cabelos, óculos escuros, necessaire para a maquiagem que elas ainda não usam, mas certamente começarão em breve "Mulher Maravilha" sabe das coisas! É tão divertido ter uns "surtos consumistas" de vez em quando! Afinal de contas Cida trabalha é para isso, não é mesmo?

Enquanto dirijo, penso que já está na hora de colocar a Júnia em atividades extraclasses como as das meninas: aulas de ballet, talvez? Violão? Inglês? Talvez seja hora da Cida abrir uma filial do salão em Barreiros, ter uma unidade dentro do hotel, por que não? Aproveitar o sucesso dos negócios para comprar uma casa nova, essa casa que alugamos é boa, grande... Mas é muito antiga. E se comprasse essa casa e a do lado e fizéssemos um salão ao lado da casa? Quando eu ganhar muito dinheiro vou mandar as quatro para um intercâmbio nos Estados Unidos, voltariam fluentes! É isso! Isso mesmo o que devo fazer! "Mulher Maravilha" sorri diante de todas essas iniciativas e acelera um pouco mais para chegar em Barreiros mais rápido.

Vejo, hoje, um cachorro com três patas no meu caminho para o trabalho — como será que ele perdeu uma pata? Será que foi atropelado? Será que foi de maldade? Tem muita gente má no mundo que gosta de judiar de vira-lata... será que ele nasceu assim? Há tanta dor no mundo... Ouvi no rádio que o Tancredo Neves está num estado grave... vai ser submetido a outra cirurgia... tanta dor, coitado...

O contador me diz que no último trimestre o salão faturou menos do que o previsto, como ele sabe disso?

Quem previu o quê? Ele diz que eu devo demitir funcionários. Eu não entendo nada do que ele diz, eu entendo é de cabelo.

Esse mês entrei no cheque especial, droga! O relógio está parado, eu me arrasto através das horas, com ajuda do cigarro e do café irlandês. Acho que estou com labirintite, sinto uma tontura às vezes, perco o foco...

A Cida vai sair para dançar com o Franco hoje, a Mulher Maravilha está de vestido vermelho novo, salto quinze e uma trança embutida, poderosa! Cida vai dançar a noite inteira, beber todas e dar muita risada! Ela merece! Profissional de sucesso, mulher apaixonada, mãe dedicada, autoestima nas nuvens! Hoje à noite promete!

— Como é que é? Fala devagar Patrícia! Bebeu o quê? Cigarro? Calma, Patrícia, calma, já estou indo para casa.

Minha filha me liga no meio do dia apavorada com a Júnia, a menina não para mais em casa, tá sempre na rua, na casa de alguém, estudar que é bom, nada! A gente dá tudo e é isso que tem em troca. Agora, pelo jeito, deu para beber e fumar. Não tem nem idade pra se manter sozinha ainda. Agora vou ter que esconder as garrafas de Martini e meus cigarros, dentro da minha própria casa. Tem a quem puxar mesmo essa menina, eu sei que tem... Tá no gene. Aquele pai nunca quis saber de nada, de estudo, trabalho, nem de família... Abandonou as cinco crianças como quem abandona uma ninhada de vira-latas, nem se deu o trabalho de olhar para trás... E pensar que quando criança ele sempre foi o mais sossegado dos primos... Bem ficou sossegado até demais, pelo resto da vida... A última vez que vi o boletim da Júnia quase morri de desgosto. Agora até para as coisas mais simples, do dia a dia, higiene pessoal ela tá dando trabalho... O Franco me contou que precisou tirá-la da cama mais de uma vez para colocar debaixo do chuveiro para tomar banho, porque a menina deu de não querer tomar mais banho! Vai saber como é que era a vida lá, jogada naquele orfanato. Deve ter se fingido de boazinha só pra eu trazê-la para casa. A menina é até bonitinha, quando quer até ajuda, faz alguma coisa... Mas... Acho que ela não deve ficar com a gente muito tempo não, estamos pensando em devolver ela para o avô... A gente quer ajudar, dar uma oportunidade... Mas se a pessoa não quer aproveitar, aí a culpa já não é da gente... Eu tenho tanto compromisso, tanta coisa pra fazer. O salão indo bem, mas agora com movimento mais baixo, faltando dinheiro pra pagar as contas... Eu não preciso de mais um problema na minha vida... O Franco acha que a gente tem que levar ela de volta para o avô, agora que já está mais crescidinha. A Patrícia também... E lá no fundo é exatamente isso que eu tenho vontade de fazer, me livrar dessa menina, me livrar desse problema que, afinal, não é meu. Não dá pra gente resolver todos os problemas do mundo. Eu já tenho os meus... Não sei onde eu estava com a cabeça. Estou me sentindo zangada, irritada, usada, distratada, por que eu preciso cuidar da minha sobrinha? Por que sou mulher? Já não basta os quatro filhos que criei, o negócio que eu montei? Parece que cada dia que passa eu fico mais parecida com a minha tia, credo! Cuidando da casa, de marido, de filho e de neto, a "Santa Nina", acha tempo para acudir todo mundo menos ela própria...

sei não... Quer saber... Chega! Chega! Chega de pensar, analisar, refletir, chega de tudo isso! Eu preciso é viajar, ver o mar, pelo amor de Deus... Vou para Grussaí, e de lá para as cidades históricas, isso sim que é vida! As meninas brincando, Franco pescando do jeito que ele gosta, e a Cida aqui no sol e na cachacinha de Minas...

Volto totalmente energizada para o trabalho, disposta a fazer do meu salão o melhor do estado. A primeira providência é inscrever todo o grupo em um seminário de estética que acontecerá em Uberaba. Convidei cliente, fornecedor, concorrente, todo mundo. E o que faço com a Júnia? Ai meu Deus do céu, a Júnia... Não posso deixar essa menina sozinha com a Patrícia e o Franco que vai dar dor de cabeça, o negócio é levar ela junto e colocar essa menina pra trabalhar, assim fico de olho. Ela é quase adolescente agora, já tem corpo de mocinha e continua se comportando como uma criança... Todo mundo fala que ela é educada, que é isso, aquilo, que deve ser porque foi criada com freiras, sem maldade, sei... Isso na frente do outros, porque em casa não fica mais... Só quer saber de rua... E agora ainda deu de beber e fumar... Nessa altura da vida, ter de carregar "pacotinho" para cima e para baixo em viagem de trabalho, eu hein? Ter que me preocupar com isso... Não passo por isso nem com as minhas filhas... Era só o que me faltava!

A Cida não prega o olho a noite toda no hotel em Uberaba, com medo que a menina vá sair do quarto... Vai que se engraça com alguém... O dia inteiro fica dando bola para um e para outro, sorrisinho, toda atenciosa, conversando com todo mundo... E os outros ficam cha-

mando ela, pedindo coisas, e ela vai, faz, sorri, sei não o que essa menina tá querendo... Não vejo a hora dessa viagem acabar, eu não vejo a hora de poder descansar!

Para o Lar Santa Terezinha ela não pode voltar... Vão me fazer responder um questionário de sei lá quantas páginas para aceitá-la de volta, se pra tirar ela de lá já foi um saco, imagina pra tentar devolver... E ainda vão fazer com que eu me sinta como a "Bruxa Má", depois de tudo o que eu fiz por essa menina, tudo o que eu fiz por essa família, só mesmo a Mulher Maravilha para fazer melhor que isso. A última coisa que eu preciso é que duvidem da minha capacidade de educar uma criança, ou das minhas verdadeiras intenções... francamente! Ter trazido essa menina para minha casa foi um desastre. Bem que o Franco tinha avisado... Ele cansou de perguntar: "você tem certeza de que quer fazer isso?" Pior é que eu não tinha, eu nunca tive. Mas, a Mulher Maravilha, né?!

— Foi um desastre. Um desastre completo. Essa aí me deu um trabalho que você nem imagina!, eu repito para que Patrícia e Júnia, as duas, ouçam perfeitamente bem e para que não haja dúvidas sobre a minha opinião.

A Cida e a Mulher Maravilha concordam que não tem mais jeito da coisa continuar como está.

CAPÍTULO 6

Crime e castigo

Aos 12 anos de idade, eu, Júnia, não consigo ler pensamentos, não poderia me colocar no lugar de uma mulher adulta, entender seus sentimentos, as dificuldades de uma pessoa que deveria estar tomando conta de mim. O que eu podia fazer era me esforçar ao máximo para agradar, para ajudar e mostrar meu arrependimento pela minha brincadeira infantil de se vestir de minha tia, a mulher que, naquele momento era a minha maior referência.

Eu fico assustada com a reação da tia Cidinha na volta da viagem para Uberaba, morrendo de medo, e tentando entender o que eu havia feito de errado, se estive o tempo todo ocupada ajudando as pessoas que estavam com ela. "Essa aí me deu um trabalho que você nem imagina!", as palavras da tia Cidinha ecoam dentro da minha cabeça. Eu vou para o quarto e, pela primeira vez, desde que eu deixei o Lar Santa Terezinha, procuro entre as minhas coisas, no fundo do armário, o chapéu de palha que o seu Rafael me deu. Coloco o chapéu na cabeça e durmo dentro dele.

No dia seguinte eu tiro o chapéu e tomo a decisão de criar uma poupança, ainda não sei como, mas eu não

74 JÚNIA ARAÚJO

tenho nenhum dinheiro, nenhum. Mas se a tia Cidinha realmente resolver se livrar de mim, preciso ter o mínimo necessário para não morrer de fome, nem de sede, por pelo menos uns quatro ou cinco dias, e poder comprar uma passagem de ônibus, esse seria o mínimo necessário.

Começo minha poupança juntado as moedas que encontro pela casa. As meninas sempre deixam moedas largadas pela casa. Meus tios também. Não quero roubar nada, não quero ser dona do que não é meu, mas preciso de uma garantia para sobreviver, caso seja colocada para fora. Todo dia a insegurança aumenta. Tio Franco e Patrícia agora não sugerem mais que eu deva ser entregue ao meu avô, mas sim perguntam quando isso vai acontecer.

Depois de dois meses eu devo ter juntado 25 reais, no máximo. Eu guardo todas as moedinhas num envelope que coloco dentro do meu chapéu de palha. E eu já nem sei direito o que acontece primeiro: se eu recebo a notícia de que eu repeti de ano, ou a de que a tia Cidinha descobre o envelope dentro do chapéu com as minhas economias... Acho que as duas coisas acontecem mais ou menos ao mesmo tempo, no mesmo dia... Acho que primeiro ela descobre o que eles chamam de "roubo" e depois tem a notícia da escola, acho que é isso... Uma coisa é certa, eu sou duas vezes culpada, sou repetente e ladra, é isso que eles falam.

— Você arruma suas coisas porque amanhã eu vou te levar para a casa do teu avô!, diz minha tia Cidinha.

Antes de dormir arrumo minha mala, com as poucas coisas que tenho, ponho o chapéu na cabeça, me abraço apertado e tento dormir. Acordo milhares de vezes durante a noite, na esperança de que o tempo pare, na esperança de que minha tia mude de ideia, na esperança de que aquilo seja só um pesadelo. Eu ando até a sala de hora em hora. Ouço o piso da sala de madeira ranger embaixo dos meus pés de hora em hora. Olho para o relógio, e se eu arrancar os ponteiros? E se eu esconder o relógio? E se eu pedir desculpas? E se eu prometer? Prometer o quê? Que eu não vou mais roubar as moedas? Isso tudo bem... Mas e o ano perdido na escola? Nada pra ser feito...

No dia seguinte, cedinho, entro no carro e minha tia me leva para Patos de Minas. Tenho tempo só para dar um beijo em Rebeca e outro na Roberta antes de ir embora.

Dentro do carro, eu falo para o tio Franco que não consegui dormir à noite inteira, que a todo momento eu levantava para ver as horas e sem me deixar dizer mais nada, ele reclama do barulho que eu fiz durante a noite toda.

Tio Franco e tia Cidinha conversaram a viagem inteira, entre eles, como seu eu não existisse mais. E quando chegamos em Patos de Minas, na casa da minha tia Telminha, filha da minha avó Nina, eles se comportaram como se estivessem em uma visita social como qualquer outra. Depois de esgotarem os assuntos inventados, eles contaram tudo o que eu havia feito, na versão deles, e ao que me pareceu, aumentando inclusive alguns fatos. Depois disso, me mandaram brincar lá fora com os primos.

Eu saio da casa, encontro meus primos, converso um pouco com eles, tudo muito rápido, e quando volto para dentro da casa, já não tem mais ninguém na sala, além da tia Telminha.

Onde tá a tia Cidinha?

Já foi embora.

Ninguém me diz mais nada, ninguém me dá nenhum conselho, nenhuma satisfação, nenhuma explicação, nem uma bronca que seja. Nada. Não recebo nenhuma orientação, nenhum abraço. Eu sou um pacote que acaba de ser deixado ali. Eu sou um peso, uma pedra que, finalmente, meus tios conseguiram passar para o sapato de outra pessoa.

Me sinto completamente sozinha. Não tenho as mãos da Carminha. Não tenho mais Roberta e Rebeca. Não tenho minhas amigas da escola. Não tenho as freiras do Lar, nem seu Rafael, nem a casa da tia Cidinha. Eu me agarro ao meu saquinho de moedas e ao meu chapéu, e as poucas roupas que trouxe numa sacola, é tudo o que eu tenho agora.

Depois de algumas horas, tia Telminha faz um lanche pra nós. Eu como em silêncio, e por mais que eu passe manteiga no pão, ele fica sempre seco. Eu engasgo toda hora. A Mara, filha da tia Telminha, que tem a minha idade, pergunta:

Você gosta de manga?

Adoro manga!

Então vem com a gente!

O quintal da vizinha é repleto de mangueiras. A dona do quintal é uma velha mal-humorada que não come manga, mas também não deixa ninguém comer, e as frutas ficam apodrecendo, caídas na terra. Então nós, cinco crianças, resolvemos consertar essa situação: pulamos o muro, pegamos todas as mangas do quintal e despertamos a ira da velha. Saímos correndo de lá, morrendo de medo.... Essa é a nossa única ocupação, a única brincadeira, a única preocupação. Essa é a grande emoção que temos ali, é essa emoção que, por algumas horas, me faz esquecer que fui abandonada mais uma vez, que mais uma vez me empurraram como um estorvo para outra pessoa que, certamente, também não me quer.

No fim da tarde, a minha avó Nina vem me buscar. Ela é uma mulher pequenininha e alinhada; coque atrás da cabeça, saia e conjunto de blusa e casaquinho. Eu já não tenho mais unhas para roer e continuo com os dedos na boca, mordendo as laterais da unha, arrancando a pele, dói um pouco, mas essa dor me acalma.

PATOS DE MINAS, MINAS GERAIS — 1985

CAPÍTULO 7

O berço do violino

No café da manhã servia-se pão, manteiga e a partitura do dia. Todo mundo sentado em volta da mesa tocava alguma coisa — às vezes solo, às vezes juntos — de forma coordenada. Afinação, ajustes, ensaios.

Não tinha diferença entre a família e a banda, os Dávila Carvalho eram uma família de musicistas desde sempre. Uma tia havia tocado em salas de cinema quando os filmes ainda eram mudos. O pai era maestro, o irmão tocava trombeta, um outro baixo, e a irmã tocava flauta. A mãe era pianista e Nina tocava violão, violino e acordeão. Os Dávila Carvalho fundaram a primeira banda de Patos de Minas, celebrada e divulgada em todos os jornais da cidade da época.

O pai de Nina, o maestro Rodolfo Dávila, tinha talento para música e para farra. Ganhava uma quantia razoável por trabalhar em uma gráfica durante a semana e se apresentar com a banda em dias de festa, mas nunca guardou nada, ao contrário, economia era uma palavra que não fazia parte do seu vocabulário. Esta lacuna era preenchida por outros vocábulos: cachaça, noitada, amigos, jogos... A mãe de Nina tentava harmonizar os custos, mas no início do século XX, sua voz era mais baixa que qualquer dos instrumentos da orquestra.

Um dia o violão da caçula encontrou um clarinete mais velho, de fora da família. O primeiro contato foi tímido, o clarinete não pedia nada, só insinuava, com tanta tenacidade que as notas se agarraram em seus ouvidos como carrapichos nos cabelos e ficavam lá grudadas, enredadas, sugerindo alegrias, brincadeiras, aventuras. Depois silenciavam. Não apareciam por dois dias ou mais. O clarinetista tocava de olhos sempre fechados, enlevado com o próprio instrumento, e só abria os olhos por um breve momento para observar Nina dar um sorriso, a seguir retomava o contato íntimo com sua ferramenta.

Jó tinha muito em comum com seu clarinete, era um homem esguio, alto, de pele morena, bem vestido. Seus dedos finos e longos deslizavam pelo instrumento com desenvoltura e familiaridade. Ele sempre usava terno, mas toda vez que iniciava uma música, soltava a gravata, deixando à mostra as veias do pescoço dilatadas pelo esforço do sopro e seu maxilar pronunciado. Era o primeiro homem que Nina conhecia que usava perfume, mas a fragrância era bem menos sutil que o som de sua música. Era um cheiro que tocava Nina sem pedir licença, rasgava as entranhas de suas narinas, penetrava seu corpo todo e a preenchia daquela essência de madeira que ela nunca tinha experimentado antes. Olhava, admirada, Jó dobrando o joelho esquerdo e trocando o peso do quadril de um lado para o outro, enquanto tocava, o vinco de sua calça social sempre tão bem passada deixando entrever as linhas bem definidas das pernas, o sapato preto impecavelmente engraxado pressionando o solo como se desejasse sempre fazer uma declaração.

Nina sabia que Jó tinha uma fila de admiradoras, todo o tipo de mulher; inclusive algumas casadas. Todo mundo o conhecia na cidade e dizia-se que ele não era do tipo de fazer desfeita... "A música a serviço do Belo Jó, e este sempre a serviço das Belas", o povo dizia com conhecimento de causa, Jó ria, não dizia nem desdizia nada, ocupado que estava em trabalhar no Departamento de Estradas e Rodagem de Minas Gerais nos dias úteis, tocar clarinete nos dias de folga, e espalhar seu perfume pela cidade todos os dias da semana.

A banda tocava no coreto da praça da cidade, Nina agora dava aula de música, arriscava uma ou outra composição de sua autoria, fazia curso de Enfermagem e trabalhava no hospital, mas não gostava de ver tanta dor, tanto sofrimento, perdas... Gostaria mesmo era de ser parteira, queria saber era da vida! Estudava, trabalhava, compunha música, tocava, mas namorar não namorava ainda.

Um dia foi chamada no meio da noite para ajudar num parto numa "pensão alegre". A pobre mulher estava em trabalho há mais de 20 horas. Nina percebeu rapidamente que o bebê estava sentado e não havia tempo de girá-lo, era necessário fazer uma manobra rápida. Lavou mãos e braços, colocou máscaras, luvas e pediu uma bacia de água quente. Não ouvia os gritos da mulher, nem seus gemidos, concentrava-se no aroma amadeirado que exalava em algum canto do quarto e, por alguma razão, ouvia um solo de clarinete em sua mente.

Com esforço, trouxe o bebê ao mundo. 3.800kg, uma menina forte e saudável. Foi saudada como heroína na pensão por mulheres seminuas e homens bêbados que chegavam por lá. Filho parido, mãe de repouso, mas a "pensão alegre" não pode parar. E logo um concerto de clarinete em lá maior de Mozart começou a tocar. Não precisou olhar para trás para ter certeza de que Jó era o músico, assim como não precisou pensar duas vezes em dizer "Sim", quando semanas depois, o clarinetista pediu sua mão em casamento.

Muita gente na cidade ficou intrigada com aquele casamento, um homem assim vivido e uma menina tão jovem. O que será que ele viu nela?

— Sei não, rapaz. Naquela noite na pensão ficou tudo muito embolado, sabe? A moça tava pra morrer. Nina salvou a mulher e o filho. Essa coisa assim mexe com a cabeça da gente, não mexe? Além disso ela também toca, escreve música, Acho que é isso..., explicava uma das testemunhas não só daquela noite do parto, mas também de muitas outras em que Jó e Nina foram vistos juntos.

Dez anos depois, Nina está casada e já é mãe de cinco filhos. Quatro meninos e uma menina, a Telminha. Ela não tem um minuto de sossego: cuida da casa, cuida das crianças, cozinha, lava, passa, ainda arruma tempo para dar algumas aulas de violão e, vez ou outra, sai no meio da noite para ajudar em um parto. No começo da vida de casada, também saia algumas noites a procura do marido, mas isso foi só no começo, depois ela desistiu.

Os meninos vão crescendo soltos pelas ruas da cidade pequena, criando aventuras, fazendo travessuras, brincam em casa, fora de casa e brincam na escola, quando vão. Repetem de ano uma, duas, três vezes e Nina não tem tempo pra nada, uma vez que o marido diz que moleque é assim mesmo, que quando crescer toma jeito e, por vezes, até os incentiva nas molecagens.

O marido também pouco para em casa. Quando não é a música, é porque precisa viajar à trabalho para inspecionar as estradas do estado, e nessas viagens sempre aproveita e faz novas amizades, descobre novos lugares, se encanta, chega a ficar até três semanas sem voltar para Patos de Minas.

Um dia, no meio da tarde, Nina está dando uma aula de violão na salinha da frente quando ouve o portão abrir, ela leva um susto, levanta e vai ver do que se trata. Gregório — o filho caçula, àquela altura com 14 anos, chega cambaleando, cabeça baixa, trançando as pernas, com hálito forte de álcool.

No dia, seguinte, quando Jó chega em casa, Nina conta o que aconteceu. O marido promete ter uma conversa de "homem pra homem" com o filho. E naquela mesma noite, pai e filho saem para conversar e nenhum dos dois volta para dormir em casa. Chegam às 11 da manhã no dia seguinte, rindo e conversando alto como velhos amigos.

CAPÍTULO 8
Entre cores e dores

Andamos, vovó e eu, em silêncio as três quadras que separam as duas casas, a da minha tia Telminha e a da minha avó Nina, que parece uma caixa quadrada e muito pequena, feia e toda machucada por fora e por dentro. As paredes tinham sido verdes um dia, mas agora eram uma lembrança de todas as cores que já viveram ali, de forma passageira e descuidada, como sempre foram todos os seus moradores, com exceção dela mesma, vó Nina. De tanto descascar, algumas partes da parede retomaram sua cor original, cor de cimento com tijolos expostos como feridas em carne viva. As janelas são pequenas, tortas e malfeitas de alumínio, com as laterais corroídas. A porta da frente é de ferro, toda enferrujada. Ela range quando eu entro, arrasta no chão onde uma marca já antiga aumenta de profundidade a cada ano. Lá dentro é quente e escuro, mesmo depois que minha avó acende a luz. A casa tem um cheiro diferente de todos os lugares onde já estive. Lembra um pouco a mistura do Martini com o cigarro da tia Cidinha, só que bem mais forte, e que se mistura a um cheiro de suor permanente. Tarde da noite, percebo que aquele cheiro da casa, aumenta quando meu tio Gregório entra, depois de um dia inteiro de trabalho na construção civil, debaixo do sol, e sua parada noturna no bar.

— Olha quem chegou, Jó, é a nossa neta! Minha avó Nina fala para a escuridão.

— Você é quem mesmo? Pergunta meu avô em meio ao breu do corredor estreito que vai dos quartos à sala.

— Não liga pra ele, Júnia, teu avô já não tá batendo bem da cabeça, diz vovó Nina com um sorriso sem graça.

É assim que meu avô Jó me dá as boas-vindas... Ele repete a saudação dia sim e outro também. Digo que sou sua neta, mas ele esquece o que ia dizer no minuto seguinte. Meu avô está aposentado, mas continua a se vestir como se fosse para o trabalho ou como se fosse tocar; terno, gravata e chapéu. É um homem vaidoso, usa leite de rosas todas as manhãs para deixar a pele macia e também usa peruca para ninguém saber que está careca, o que não dá muito certo porque todo mundo percebe que ele usa peruca, mas ninguém fala nada, quer dizer, ninguém diz nada pra ele.

Vovô vive num mundo só dele, um mundo onde a família não tem problemas e onde ele ainda tem cabelo. Não tem nenhum interesse em colocar os pés no mundo de verdade, esse onde os filhos dele aparecem bêbados dia sim e outro também, o mundo real onde faltam coisas e sobram brigas. Por isso ele pede, com todas as letras, que não falem com ele, que não o chamem, e esse vai ser um dos momentos favoritos do meu dia durante o próximo ano: chamar o meu avô gritando.

— Ó, Vovôôô!!!!

— Ih, vai chamar Deus, mas não me chama não!, ele responde fazendo o sinal da cruz. Acho aquilo demais de divertido.

O outro, talvez, verdadeiramente, único ponto alto da semana é a tarde de sexta-feira, quando vovó Nina assa pães de queijo, biscoito de polvilho, biscoito de nata e faz bolo para a semana inteira, o cheirinho de forno ligado é como um carinho, que por algumas horas sobrepõe-se ao cheiro encrustado na casa.

Numa dessas primeiras sextas-feiras de quitutes, vou da sala para cozinha quando meu avô esbarra em mim e deixa cair todo o café que ele traz no copo. Ele resmunga, mas não se preocupa em secar nada e ainda pisa em cima da poça, e depois vai andando para quarto, volta a cozinha para pegar mais café, e o chão vermelho acaba de ganhar mais uma mancha. Outras tantas manchas provêm de quando ele vai até a frente da casa, pisa no barro e volta para dentro, sem se preocupar com nada.

Minha avó me leva para o quartinho dela, que é nosso, a partir daquele momento. Vamos dividir o espaço. Aqui o cheiro é mais gostoso. Vó Nina ainda mantém algum perfume e limpeza neste espaço único da casa. O seu quartinho, o menor cômodo da casa. Ali estão as poucas roupas e às muitas partituras que ela mantém guardadas em metade de um armário pequeno e velho de madeira, com cupim. A outra metade do armário está livre para as minhas roupas, que também não são muitas, e para mais cupins. Num dos cantos do quarto, há uma pequena penteadeira de madeira, e sobre o móvel o estojo do violino, o primeiro amor, o bem mais precioso, o filho dileto da vovó Nina. A música é a chave para um quarto secreto no qual vovó entra e encontra a harmonia que falta dentro de casa.

Quando vou tomar banho, minha garganta fica seca de novo. Umas manchas enormes de mofo dançam pelo teto e parte das paredes do banheiro como se fossem uma espécie alienígena tomando conta de tudo. As águas escorrem pelas paredes antes mesmo de eu abrir o chuveiro, e o cheiro de mofo se mistura a um cheiro de ferrugem e de esgoto. Dou descarga, uma, duas, três vezes no vaso sem tampa e sem assento, para ver se melhora o ar. Abro a pequena janela de vidro e então dou um suspiro e entro embaixo do chuveiro.

Vó Nina prepara uma sopa num fogãozinho velho que é tão pequeno quanto ela. Sentamos para jantar, eu e ela, ali mesmo na cozinha, que é apertada, humilde e escura, como o resto da casa mal construída.

Quando estamos ali distraídas, um menino bem alto e magro entra de repente e pergunta:

— Tem sopa pra mim?

— Não cumprimenta a tua irmã não, Fernando?, vovó pergunta de forma natural.

O menino e eu nos olhamos sem entender, os quatro olhos bem abertos, as dezenas de fios de cabelo na base da nuca arrepiados, as duas bocas secas, a fala engasgada.

— Fernando é teu irmão, Júnia, ele é só um ano mais velho que você. Você não lembra dele não, menina?

Aos 12 anos de idade, eu encontro meu irmão pela primeira vez, desde que me entendo por gente, me vejo nos olhos dele, me reconheço. Sinto uma alegria. Ele se vê nos meus olhos, temos a mesma origem. Temos um passado compartilhado, os primeiros passos, a primeira palavra, o primeiro tombo, temos muito em comum. Faço esforço para me lembrar de algumas passagens que me parecem muito distantes. Dez, onze anos talvez, que parece séculos. Mas penso que agora não estou mais sozinha.

— Cê fica aqui até quando? Desperto do devaneio com a pergunta do meu irmão.

— Não sei, respondo olhando para o meu prato de sopa. Fernando é um completo estranho para mim, embora eu mesma o ache bem parecido comigo. Temos a mesma cor de pele, o mesmo sorriso, até o jeito de caminhar é igual. Tento encontrar alguma semelhança em nós para além da aparência física, mas não tenho tempo, ele engole a sopa muito rápido, levanta em um pulo e diz antes de sair da casa e sumir na noite.

Fui, vó! Valeu!

Vou dormir cedo. Coloco o chapéu de palha na cabeça e acordo com gritos vindos da sala. E já na primeira noite descubro que naquele lugar, nem mesmo o chapéu do seu Rafael é capaz de me dar proteção. No meio da sala, um homem grande e sujo está cambaleando enquanto grita um monte de palavrões e esmurra a parede. Ele sossega por um instante, os olhos vidrados em algum ponto do teto, então, de repente, ele tem um surto, um acesso de fúria e começa a berrar palavras que eu não entendo e a babar, e a suar e a se agitar, e começa a uivar como um bicho raivoso, seu olhar embaçado agora está na minha direção, eu rezo para que ele não consiga me enxergar. De repente ele tenta se levantar e dar um passo, mas tropeça e cai de quatro no chão, vomita sujando a camisa e criando mais uma mancha naquele soalho. Ali ele fica, naquele chão vermelho, sujo, manchado, ali ele cai no sono.

— Vem dormir, vem minha filha, vem pra cá. Esse aí é o seu tio Gregório. Esse é o pior de todos, minha filha. É todo dia assim. Ele bebe demais. Diz minha avó com resignação.

No dia seguinte, eu acordo e a sala cheira vômito e urina. O rádio está no último volume, meu avô, que assim como minha avó tem um quarto só dele, já está ali, sentado no sofá velho e todo rasgado, com um copo de café nas mãos, ouvindo a missa de domingo. Ao lado da televisão preto e branco com um plástico colorido grudado sobre a tela e um pedaço de palha de aço amarrado na antena portátil, meu tio Gregório — que divide o outro quarto da casa, o de trás da cozinha, com os irmãos quando esses aparecem em casa, e com o meu irmão Fernando, quando este também está em casa — continua emborcado, roncando alto no chão, disputando em volume com o rádio.

Tomo um café preto que está na garrafa, e vou até a casa da tia Telminha para conversar com as minhas primas, tentar passar o tempo longe da casa dos meus avós.

Tia Telminha me recebe com uma educação que não vejo na casa da minha avó, mas a percebo incomodada. Pergunto se tem algum problema e ela só me responde com "oh minha filha, eu já tenho cinco filhos pra criar aqui", e não fala mais nada. Eu nem tinha pensado em pedir nada. A última coisa que eu preciso é sentir que sou um incômodo para mais alguém. Digo que só quero conversar com as meninas, passar o tempo e nada mais. Ela não diz mais nada e vai para cozinha.

Na hora do almoço, eu não penso duas vezes, volto para a casa da minha avó, e quando chego, meu irmão

Fernando olha para mim como se fosse a primeira vez que me visse, como se não tivesse me visto na noite anterior.

— Que foi aí? Tá olhando o quê, menina?

Essa cena vai se repetir muitas vezes. Fernando me trata bem num dia, e me trata mal no dia seguinte. Fica meu amigo numa tarde, e na outra esquece de mim; conversa por horas comigo e depois me ignora por dias seguidos. Anos mais tarde ele seria diagnosticado como bipolar, mas naquele momento ele é só mais um residente naquele hospício onde me jogaram.

Começo a ir para a escola, ainda bem! Lá encontro pessoas normais, gente que conversa, que não grita, que não briga, pelo menos não o tempo todo. Gente que tem família e que não dá medo na gente. É bom ir para escola, qualquer lugar é melhor do que ficar na casa da minha avó.

Num domingo pela manhã, uma vizinha, a dona Ernesta, me convida para ir à missa com ela e eu aceito na hora. Aos domingos a gritaria começa mais cedo no hospício, porque é o dia em que meu outro tio, Clayton, aparece e aí é mais gente pra brigar. Também no domingo é quando o hospício sofre com as ressacas mais bravas e, antes do meio dia, duas ou três brigas, pelo menos, já aconteceram, algumas que chegam aos socos e pontapés. É sempre assim. Estou tão desesperada para sair de lá que até esqueço de avisar vó Nina. E quando volto, depois da missa, na hora do almoço, é minha avó quem me confronta:

— Diz aonde você tava, menina! Não mente pra mim.

Nesse dia percebo que eu não estou mais em Araxá, mas a "lenda" de Araxá está comigo e me condena. A Júnia que não vai para a escola, a Júnia que fica na rua, que bebe, que fuma, a Júnia que rouba. Minha garganta fica seca, apertada e eu não consigo almoçar.

A segunda-feira amanhece chovendo, vó Nina sai do quarto e entra no chuveiro de manhã, e eu decido dormir mais um pouco. Desperto num susto: sento na cama e fico cara a cara com o tio Gregório, que está ajoelhado ao lado da cama passando a mão na minha coxa. Assim que vovó sai do banho, eu corro até ela:

— Vó, o tio Gregório entrou no quarto enquanto eu estava dormindo, e tocou em mim!

— Deixa de conversa, menina!

Então decido apelar para a única pessoa no mundo que se importa comigo, minha irmã Carminha, que passou por maus bocados, que tentou se matar mais de uma vez, mas agora está casada, esperando um bebê e, pelo que soube, está contente, morando no Espírito Santo.

Naquela época ainda não tinha internet, nem celular, e minha avó não tinha nem telefone fixo. Se alguém precisasse falar com a gente com urgência, precisava ligar para o telefone de uma vizinha, a umas três casas dali, e vinham nos chamar, era assim que era. Então escrevo a primeira de uma série de cartas que enviaria para a minha irmã.

Oi Carminha,

Tudo bem com você, irmã? Que saudades! Eu queria tanto, tanto que você estivesse aqui comigo! Essa casa é um hospício! Eu nunca vou entender por-que a tia Cidinha me tirou lá do Lar das freiras, onde eu estava bem, para ficar comigo um ano só e depois me despejar aqui como se eu fosse um pacote. Todo mundo aqui vive bêbado, todo dia tem briga, tem gri-taria. Todo dia tem alguém passando mal pela casa de tanto beber. Já na porta da frente, dá para sentir o cheiro de sujeira, de bebida, de vômito. Vó Nina às vezes até tenta limpar, coitada, e eu tento ajudar, mas os homens são muitos e fazem muita sujeira.

Quero te contar que outro dia acordei com o tio Gregório na minha cama, me tocando. Que nojo! Falei para a vó e ela não acreditou em mim. Tô es-crevendo para você porque sei que você acredita em mim. Me ajuda, pelo amor de Deus!

Te amo muito.
Um Beijo
Júnia

Escrevo a carta, mas não consigo enviar. Não tenho o endereço da minha irmã. A única coisa que sei é que ela está morando no Espirito Santo. Mas em algum lugar do universo alguém ouve minhas preces, e alguns dias depois, eu conheço a Lili. É como se ela tivesse sido enviada espe-cialmente ao meu encontro, e nos tornamos inseparáveis.

Vó Nina e a mãe de Lili eram amigas, porque além de dar aulas de violão e administrar uma casa de malucos, vó Nina é também parteira e foi ela quem ajudou no parto da Lili. Enquanto as amigas colocam a conversa em dia dentro de casa, no portão, sentadas na calçada, depois de algumas horas de conversa, eu pergunto para Lili:

— Você gosta do Guilherme Arantes?

— Sou apaixonada pelo Guilherme Arantes, "Adeus também foi feito para se dizer", ela canta e eu completo o resto da canção e a gente segue lembrando músicas do Guilherme Arantes.

Lili é só um ano mais velha que eu, mora com a mãe e o irmão em uma casa tranquila, sem brigas, sem gritarias, sem bebedeiras. Passo muitas tardes na casa dela e volta e meia ela vai me buscar na escola às sextas-feiras e me convida para passar o fim de semana com a família dela. Nós contamos histórias uma para outra, cozinhamos, fazemos penteados diferentes. No sábado à tarde vamos a Praça do Bionicão, a lanchonete que reúne os adolescentes da cidade, mesmo Lili e eu não tendo dinheiro para comprar nada lá, mas não é preciso pagar para conhecer gente, para fazer amigos, conversar, e nós duas temos esse talento. À noite, de volta à casa dela, fazemos palavras cruzadas que ela adora.

— O que uma mãe faz por um filho, com 8 letras, começa com A, acaba com O?

Abandono.

Não Júnia! "Acalanto" é a palavra.

De segunda a sexta, durante o dia, as coisas são um pouquinho mais tranquilas no manicômio da vó Nina. Durante a semana minha avó continua dando aulas de violão, são poucas, mas isso lhe garante algum dinheiro para comprar a comida do hospício. Fora a pequena aposentadoria do meu avô, esse é o único dinheiro que entra na casa, pois dos tios não se vê um tostão e talvez por isso, enquanto minha avó dá aula, os homens dão uma trégua, mas quando a tarde chega, a cortina do palco se abre e o show de horrores sempre recomeça.

Quando a gritaria aumenta demais, eu vou para fora de casa, sento no portão e coloco as mãos nos ouvidos, tento pensar em coisas boas então um dia, do nada, vejo um menino que chama muito a minha atenção. Quando ele passa, parece até que a casa fica em silêncio e o vento não sopra, o cheiro desaparece. Ele é muito alto, tem cabelos e olhos negros, de um tom mais escuro que o da bicicleta dele, que também é preta.

A camiseta branca dele está molhada de suor, colada ao corpo e revela o movimento dos seus pulmões se enchendo de ar e esvaziando. Os ossos das costelas são visíveis, assim como um pequeno músculo dos braços, ele é forte e frágil ao mesmo tempo. O jeans está dobrado na perna direita e deixa ver o calcanhar ossudo e machucado, protegido com gaze e esparadrapo. Ele acena para mim e dá um sorriso tímido, e uma revoada de andorinhas atravessa o fim de tarde esbarrando as asas nas minhas bochechas que ficam vermelhas. Penso num Príncipe Encantado a cavalo como nas histórias, o meu vem de bicicleta, eu acho isso mais moderno. Ele deve ser um cavaleiro experiente que já enfrentou muitos dragões e traz na pele, as provas das batalhas vencidas. A partir daquele dia eu tenho uma missão: descobrir quem ele é, onde mora, do que gosta, do que não gosta, preciso saber tudo sobre ele!

Eu convoco Lili como minha ajudante e fiel escudeira, e ela rapidamente descobre que o nome dele é Rogério e me diz que o jeito mais fácil de me aproximar dele é numa bicicleta. A ideia me parece perfeita, se não fosse por dois pequenos detalhes: eu não tenho uma bicicleta, e nunca aprendi a andar em uma. Então, minha prima Mara, uma das filhas da tia Telminha, além de me emprestar a bicicleta dela, também assume como instrutora de pedal. Aprendo rápido e pedalo com o mesmo entusiasmo que rezava na Novena quando morava no Lar.

Mesmo aprendendo rápido, os tombos são inevitáveis, e eu consigo me machucar toda, cotovelos, dedos e joelhos. Mas a maior dor não vem de um tombo, vem de um tapa. Quando finalmente consigo ficar em cima da bicicleta sem cair, andando em linha reta, tendo total controle, me sinto seguira para ganhar mais velocidade e, com isso, ganho também coragem para pela primeira vez descer uma ladeira, e foi justamente nessa hora que uma criança atravessa a rua bem na minha frente. Vamos eu, a bicicleta e a criança para o chão. A mãe do menino, enfurecida, atravessa a rua como um animal ferido e me estapeia. Eu fico apavorada e também profundamente surpresa com o que uma mãe é capaz de fazer para proteger seu filho, nunca mais me esqueço daquilo. Do desespero daquela mãe.

Numa tarde, alguns dias depois de ter atropelado o filho da mãe, estou passeando no bairro com a bicicleta da minha prima Mara, já bem mais confiante, ao ponto de carregar minha amiga Lili na garupa, quando encontramos o Rogério. Lili faz uma brincadeira qualquer, ele sorri. A gente para e fica conversando, nós três, até que ele me convida para dar uma volta de bicicleta com ele. E desse dia em diante, nossas quatro rodas passaram a passear lado a lado todo fim de tarde pelo bairro. Mas é um amor platônico, ou melhor, atlético, nós pedalamos, suamos, mas nunca encostamos um no outro, nunca nos tocamos.

— Quero te convidar para ir numa festa comigo. Diz o Rogério enquanto eu desço da bicicleta na frente da casa da minha avó.

É a primeira vez na vida que um menino me convida para sair. O convite é para a Festa do Milho, a festa mais legal da cidade. Eu preciso de uma roupa bonita, uma roupa de festa...

— Pede pra sua prima Margot, ela é do teu tamanho. Diz Lili.

Eu até posso pedir a roupa emprestada, mas não posso dizer que é para a Festa do Milho, porque se minha avó descobre que eu vou me encontrar com um menino, ela me mata....

Aos 13 anos eu posso me acabar de chorar por causa de todas as coisas horríveis que eu ouço e vejo naquela casa dia sim e outro também, mas não posso nem pensar em falar de meninos...

A Margot me empresta uma saia jeans e uma blusa cor de abóbora que é a coisa mais linda do mundo. Eu arrumo o cabelo que já tá compridinho agora, e saio de casa às quatro da tarde dizendo que vou para a casa da Lili. Rogério e eu combinamos de nos encontrar às cinco da tarde, ao lado do Carro do Pato, um carro alegórico com um imenso pato cor-de-rosa em cima.

Eu estou nas nuvens, me sinto uma mocinha! E me sinto bonita, como nunca me senti antes. Estou bem vestida, tenho um convite para sair com um menino lindo de morrer por quem estou apaixonada, estou tão feliz que até o pato gigantesco, cor-de-rosa ligeiramente assustador e horrível de tão tosco, na verdade eu considero lindo, sofisticado e original! Está tudo perfeito!

Está tudo quase perfeito, estou caminhando em direção ao Rogério, que avistei de longe e, de uma hora para outra, ele começa a gesticular freneticamente como se estivesse tendo um ataque nervoso. Ele move os braços, fica nas pontas dos pés, vira a cabeça de um lado para outro e então eu descubro que meu primo Miltinho e uns amigos estão caminhando em direção ao pato. Eu fico apavorada. E nessa hora o Rogério faz um sinal para eu dar a volta pela esquerda, e nós nos encontramos na barriga do pato, então ele me puxa para baixo do caminhão e subimos por uma escadinha, e de repente estamos no peito da ave, escondidos, seguros, a sós, apesar do calor insuportável lá dentro. A temperatura aumenta ainda mais quando Rogério me olha nos olhos e mãos meio desajeitadas pelos meus cabelos... Então ele fica assim, olhando nos meus olhos, e se aproxima do meu rosto, e para e fica olhando para mim como se esperasse alguma atitude minha, e eu, mesmo com alguma vergonha, me aproximo do rosto dele e lhe dou um beijo. O meu primeiro beijo na boca, o meu primeiro beijo da vida, o meu primeiro beijo romântico, que aconteceu literalmente dentro do Pato, no coração de Patos de Minas.

Eu conto para a Lili e ela vibra comigo, ela sabe que são muitos os jeitos de gostar que nascem dentro da barriga de um pato, sobretudo um pato gordo, imenso e cor-de-rosa! A partir daquele dia sempre pedalamos juntos, às vezes de mãos dadas, e ao lado do Rogério eu me sinto em paz. Rogério sempre me dá um beijo de despedida uma quadra antes de chegar na casa da minha avó para eu não levar bronca.

Agora, quando fico triste, na minha cama, fecho os olhos e, na minha imaginação, dou uma mão para a Lili e outra para o Rogério e assim, entre os dois, me sinto mais forte para pensar em perguntas que não tem respostas, por exemplo, por que a tia Cidinha nunca mais me procurou? Por que nunca recebo uma carta dela? Por que meu pai não me visita? Por que ninguém fala da minha mãe? Onde está minha irmã?

Uma noite estou sentada no sofá da sala, e vovó Nina está ao meu lado me ensinando a tocar violão, depois fala das suas partituras preferidas e dos concertos que assistiu, quando, de repente, ouço o portão da frente abrir. É um som inconfundível, assustador. A dobradiça está quebrada há anos, e a única forma de abrir o portão sem fazer barulho é levantá-lo um pouco e o manter assim, erguido, até fechar de novo. Mas a pessoa tem que estar "normal" pra estar disposta a fazer isso, os outros malucos da casa, fazem isso quando estão sóbrios, mas tio Gregório nunca, este nunca está sóbrio, este nunca ergue o portão, e até o jeito de ele abrir é diferente dos outros. Com ele a dobradiça desencaixa, a folha de ferro bate no muro, e vai riscando o cimento, fazendo aquele barulho medonho de metal no concreto, parece um gemido de um bicho feroz e machucado. Na mesma hora, minhas costas ficam retas, meu pescoço esticado, sinto os músculos das minhas pernas contraírem, sou como um animal pronto para fugir, um animal mais fraco, uma presa que conhece muito bem a fúria do meu predador. Ele entre e balbucia alguma coisa sobre a música, o barulho do rádio ... Não dá para ter certeza se é isso mesmo, neste dia ele está pior do que o normal, os olhos injetados, babando mais do que a baba molhada e gosmenta que sempre escorre pelo canto da sua boca, dessa vez é uma baba seca, ele fala cuspindo.

— O que você quer, meu filho?, pergunta a minha vó tentando amenizar a situação, como ela sempre faz.

Ele balbucia um monte de coisas incompreensíveis e avança em direção ao rádio, arranca o fio da tomada e espatifa o aparelho na parede. Ele está completamente surtado, suas mãos estão imundas, seus pés descalços misturam o preto da sujeira com o vermelho do sangue, deve ter se cortado e nem percebeu, sua camisa aberta, e ele segue cambaleando em direção a minha avó. Fico apavorada. Eu dou um pulo e me coloco entre os dois. Peço pra ele ir embora, tento ser enérgica como nunca fui. Ele me olha e avança trançando as pernas, olhando fixamente para minha mão. Ele está todo suado, cheira a cachaça e fezes, a baba branca, seca, no canto da boca, os olhos vermelhos e cheios de remelas. Ele pega a minha mão com violência, cerra os dentes, agarra meu dedo e o puxa completamente para trás. Ouço um estalo, um barulho de algo trincando, rachando, eu me esforço para respirar, mas não consigo. Estou asfixiada, por um momento penso que vou desmaiar, vou para o mundo dos mortos por alguns segundos e volto, volto não sei como, volto com um choro que parece estar em mim há muitos anos.

Eu agacho, curvo meu corpo todo para frente e escondo meu dedo para que ele não encoste em nada, não se machuque ainda mais, para que não seja alvo de algum outro safanão, empurrão ou torção. Não vejo nada. Tudo escurece por um instante. Não sei onde está minha avó. Nunca me senti tão ameaçada, tão sozinha, tão desprotegida... Choro e digo que meu dedo está doendo muito, falo em um gemido, engasgada...

De repente ouço um barulho. É tio Gregório que caiu no chão de tão bêbado. Minha avó corre para o seu quarto e abraça o violino. Meu avô, como sempre, está trancado no seu quarto, como sempre fingindo que não ouve os barulhos da casa. Entro no quarto da minha avó e a vejo com o violino na cama e um terço na mão. Pela primeira vez vejo medo em seus olhos. Ela reza o salmo dos aflitos, bem baixinho: "Lembrai-vos, ó Doce Mãe, Nossa Senhora dos Aflitos". Ela deita de roupa, de olhos abertos.

Essa é a noite mais longa da minha vida. Eu não consigo dormir, de dor e de medo. Volta e meia sento na cama assustada achando que tio Gregório está invadindo o quarto, está tocando em mim e apertando o meu dedo. Quando pego no sono, em vigílias rápidas, e acordo em seguida, dou de cara com os dois olhos da vó Nina abertos, sem piscar, pregados em mim como uma cruz que tenta me afastar de todo o mal.

Minha mão amanhece roxa. Eu já nem sinto o meu dedo que está adormecido, enorme e deformado. Meu pulso lateja. Do cotovelo para baixo há uma espécie de formigamento. Minha prima Margot entra, desesperada, na casa da minha avó.

— O que foi que aconteceu aqui? Que coisa horrível tá esse teu dedo, Júnia! Vamos pro Pronto Socorro agora, vamo lá, vamo, vamo, vamo já! Eu te levo. Não pode deixar isso assim de jeito nenhum!

O meu dedo está quebrado em dois lugares. Recebo um sedativo e adormeço na hora. Quando acordo, ainda meio grogue da anestesia, olho para minha mão enfaixada e fico arrasada. Por que me tiraram da escola das freiras? O que vai ser de mim agora? Tô morrendo de medo de voltar para a casa da minha avó. Só de pensar no que aquele homem pode fazer comigo. Ele já tocou em mim, já quebrou meu dedo. Ele pode acabar comigo um dia desses! Tô apavorada.

Quando eu saio do hospital, eu ainda não sei como alguém tem coragem de fazer isso comigo, mas estou decidida a não deixar que isso aconteça outra vez.

Escrevo novamente para minha irmã Carminha, conto tudo o que aconteceu e peço ajuda: "Você precisa me tirar daqui, pelo amor de Deus!"

Não sei se por pena ou desespero, consigo com minha tia o endereço da minha irmã. E dessa vez, minha carta funciona.

Algumas semanas mais tarde, estou sentada no portão da casa da minha avó quando vejo um moço subindo e descendo a rua, de um lado para o outro, é um homem alinhado, de sapato social, camisa e uma maleta, parece um homem importante, desses que aparecem na televisão dando entrevista. O tal moço parece procurar alguma coisa, então ele olha para uma casa, confere o papel que tem nas mãos, olha para outra casa, atravessa a rua e começa tudo de novo na outra calçada.

— Vó, acho que aquele homem está perdido. Tá andando aqui na rua com uma maleta na mão, subindo e descendo a rua.

— Deve ser o Nunes, o marido da Carminha, que veio te buscar. Responde minha avó vindo até o portão.

VILA VELHA, ESPÍRITO SANTO, 1988

CAPÍTULO 9
Dobrando e desdobrando

Aos 13 anos de idade, eu me mudo para Vila Velha e a primeira coisa que faço é subir na laje da casa da minha irmã, tesoura na mão, corto o gesso que cobre o meu braço até o cotovelo. Pronto! Agora estou livre! Que alívio! E mais uma vez, uma nova vida.

— Juninha, você vai morar aqui com a gente, mas vai precisar trabalhar para comprar suas coisinhas, tá bom? A gente não tem dinheiro pra te sustentar. A Carminha me explica.

O emprego eu consigo rápido, com a ajuda de Carminha. Pertinho da nossa casa é o bairro da Glória, um polo da indústria têxtil, moda popular. Minha irmã explica para a vizinha que estou procurando emprego, e a irmã da vizinha, que trabalha na região, se compromete a ajudar. Em menos de uma semana, ela consegue uma entrevista para mim na Bliss, uma loja de fábrica de roupas masculinas.

No jardim da casa ao lado do meu trabalho, no final da tarde, as meninas da minha idade jogam twister sobre a grama. Elas precisam fazer um contorcionismo para colocar a mão direita no amarelo e o pé esquerdo no azul. Eu fico observando e acho divertido. Mas minha diversão

AS CASAS ONDE NÃO VIVI 107

é outra, eu dobro centenas de camisas por dia, esse é o meu trabalho. Enquanto dobro as camisas, eu lembro da minha amiga Lili, das nossas risadas, dos passeios de bicicleta ao lado do Rogério, então vem uma saudade grande. Sinto saudades também da minha tia Cidinha e das minhas primas. Sinto muita saudade do seu Rafael e das irmãs do Lar. Penso em todos eles enquanto dobro as camisas. Chega uma hora em que você se acostuma tanto a dobrar camisas que nem precisa olhar para saber que ficou bom, então, enquanto dobro, lembro das pessoas que eu gosto. Como não são muitas, eu fico repetindo as lembranças.

As camisas que dobro são todas de manga curta, de todas as cores e com estampas nas costas. Tem também as de botão. Essas eu preciso abotoar tudo, ter cuidado para não amassar o bolso na lateral esquerda e dobrar com os botões para trás para deixar as estampas à mostra para poder diferenciar uma da outra. Depois de dobradas, eu coloco cada uma das camisas em saquinhos transparentes e então organizo as prateleiras, e as camisas estão prontas para venda. E eu pronta para a próxima leva que vem da fábrica. É um trabalho bem repetitivo.

A fábrica é um galpão que fica nos fundos da loja. A maioria das minhas novas amigas trabalha lá. São 40 ou 50 pessoas, eu acho, nunca parei para contar. Eu sou amiga de todo mundo.

No caminho de volta para casa, eu paro no mercadinho da dona Mercedes para comprar o de sempre: shampoo, sabonete, desodorante, absorvente, as minhas coisas, como disse a minha irmã. Em dia de pagamento eu sempre compro uma roupa nova, às vezes um short, uma camiseta, às vezes só uma calcinha nova. Supermercado eu não faço, supermercado é a Carminha e o Nunes, eu também não preciso ajudar nas contas de casa. O meu dinheiro é só para as minhas coisinhas mesmo, como diz a Carminha, esse é o combinado.

— Faz muito tempo que eu não vejo a Carminha — diz dona Mercedes — tá tudo bem com ela?

— A minha irmã não sai de casa para nada, dona Mercedes!

— Mas ela é muito nova! Ela precisa sair um pouco! Ver gente, passear!

— Eu também acho, eu também acho... O difícil é convencer Carminha disso!

Carminha é muito caseira. A vida dela é entre quatro paredes. Lava roupa, passa roupa, varre o chão, tira o pó, leva a Joana para escola, traz a Joana da escola, faz o almoço, faz o jantar, põe a Joana na cama e começa tudo de novo. Quando não está cuidando da Joana ou da casa, Carminha está mexendo na terra, cultivando o jardim. Minha irmã me diz que quer ter uma vida diferente da que tivemos quando criança. Quer que sua filha cresça num ambiente saudável, com mãe e pai presentes e cuidadosos, quer que ela tenha tudo o que a gente não teve.

Um dia eu ouço ela dizer para o Nunes que está pensando em trazer meu pai para morar perto da gente, não do mesmo jeito que ela fez comigo, não precisa ser na nossa casa, mas perto. Ela diz que quer cuidar do pai, ajudá-lo.

Minha irmã Carminha é a mais velha dos irmãos, a primeira filha, e acho que é por isso que ela diz ter lembranças boas do pai, no começo da vida. Ela tem lembranças de momentos que eu não vivi. Diz ela que quando ela nasceu, nossos pais ainda se pareciam bastante com um casal normal. Então eu imagino minha mãe jovem, como a mulher linda que me disseram que ela era, mas ainda sem o fanatismo religioso, as penitências, o desequilíbrio, uma mãe mais leve e meu pai, também jovem e lindo, feliz com a primeira filhinha.

CAPÍTULO 10

Papai, um estranho

Dos cinco filhos homens de Nina e Jó, o único que nunca dá trabalho é Sérgio, ele é um menino tranquilo. Quando chega na adolescência, o maior trabalho que dá é pelo fato de ser muito namorador, mas não bebe, não fuma e não é de jogar, como os irmãos. Não gosta de estudar, isso é verdade, nunca gostou. Mas começa a trabalhar cedo, aos 12 anos já ajuda no mercadinho perto de casa e aos 19 já está morando em Goiânia, onde trabalha em uma gráfica. Lá se apaixonou por Audália, e não se importa nem com o fato dela ser uma devota religiosa fervorosa que andava de véu e tudo pela rua, ao contrário, se encanta com o fato dela ser uma boa pessoa, sempre disposta a ajudar os outros.

Abaixo do véu, a cabeça tinha tanta coisa para se preocupar, tanta gente para ajudar, para abençoar, para salvar, que mal tinha tempo de prestar atenção às pessoas da rua "Glória a Deus nas alturas!" ela pensava concentrada e, sem perceber, deixava para trás um par de olhos vidrados e enjeitados, os olhos de Sérgio.

Audália tinha um ar de inocência que era difícil de definir, e de resistir. Era uma mulher morena e miudinha, com imensos olhos de jabuticaba. Se um homem sobrevivesse à pureza e ao olhar, com certeza seria derrubado pelo sorriso aberto, desprotegido e acolhedor. Tinha cabelos negros como os de uma índia, longos e sedosos, escondidos sob o véu, com os quais Sérgio podia apenas sonhar.

Foi seguindo a moça que numa tarde Sérgio entrou pela primeira vez em muito, muito tempo, numa igreja. Ficou sentado lá, estático, nem lembrava mais como rezava, mas sabia ficar quieto, parado.

Era final da década de 60, bons tempos para Sérgio, que gostava de rotina, de coisas previsíveis, não gostava de precisar pensar muito, não era bom de planejar. O trabalho na gráfica era certo, a comida da pensão era boa, e as moças da cidade perfumadas. A vida tratava bem Sérgio, no entanto, a partir daquele dia, o véu se infiltrava em tudo.

Por mais de uma semana trabalhou de dia e saiu para passear à noite e descobrir novas essências, mas a imagem do véu branco flutuava na frente dos seus olhos, se interpondo entre ele e todos os aromas. No domingo da semana seguinte acordou mais cedo, colocou sua melhor roupa e dirigiu-se ao culto. Lá encontrou dezenas de véus de todas as cores; brancos, pretos e cinzas. Fitou as faces sob cada um deles até encontrar os olhos de Audália. Ela cantava no coro da igreja, tinha uma voz de soprano muito delicada, e a partir daquele dia nunca mais deixou que o brilho daquele olhar lhe escapasse.

O casamento aconteceu em Patos de Minas, onde o casal passou a morar. Carminha nasceu nove meses depois, em janeiro de 1969.

Carminha sempre foi um bebê silencioso, quietinha, tranquila, quase não chorava, e por isso Audália nem ficou preocupada quando, pouco menos de um ano depois do nascimento, ela já estava grávida outra vez. "Bebê quietinho, não incomoda, boquinha pequena nem come quase nada".

Audália acordava antes das seis da manhã, colocava Carminha amarrada nas costas, que era o jeito mais fácil de pegar o ônibus, colocava o véu na cabeça e ia direto para a igreja. O barrigão enorme até ajudava porque mesmo que a condução estivesse lotada, as pessoas levantavam para dar lugar a ela e seus bebês.

Kilmer nasceu grande, forte, um meninão, muito diferente da Carminha em tudo, chorava, gritava, mamava muito, queria atenção o tempo todo. Na igreja, Audália muitas vezes tinha que pedir para alguma outra voluntária se ocupar dele. Carminha continuava a mesma, tranquila, ficava no quadradinho o dia inteiro se distraindo sozinha com uma bonequinha ou o que quer que fosse, sempre foi quietinha. Mas mesmo com Kilmer dando muito trabalho, Audália não parou de ir à igreja, de ajudar na associação beneficente, de visitar os hospitais, creches e as casas dos irmãos mais necessitados, sempre com os dois filhos à tiracolo.

Quando chegava em casa, Audália estava tão cansada que colocava as crianças para dormir e caía no sono, sem nem comer nada, e sem deixar nada para Sérgio. Ele relevava, olhava a mulher dormindo, cansada, via os filhos bem alimentados, aquecidos na cama e isso era o que importava.

Até que a vida começou a sair do controle. Já não era mais o fato de um dia ou outro não haver nada em casa para jantar. Audália se dedicava cada vez mais a igreja, e deixava a casa de lado. Nada nas panelas, nada na geladeira, a casa desleixada e a mulher ali, quando não estava na igreja, estava ajoelhada em casa, véu na cabeça, rezando o tempo todo. Naquela noite tiveram uma conversa séria. Fizeram as pazes. A mulher se comprometeu a atentar-se mais a casa e a vida em família e não só a igreja. E naquela noite, após a reconciliação, uma nova vida foi gerada e, nove meses depois, nascia Fernando.

Com três crianças ficava um pouco mais complicado trabalhar, mas o mundo era um lugar de necessitados e ela sabia que o diabo espreitava os passos dos mais fracos, era preciso orar e continuar fazendo pelos outros.

Carminha já conseguia ajudar com o bebê durante o dia. Kilmer ainda continuava sendo o que dava mais trabalho dos três, agitado, subindo e descendo aos pulos os degraus da igreja, correndo pelos jardins do templo, aquele menino não parava nunca e, se parasse, estava chorando, fazendo birra.

Quando a quarta filha — Júnia — nasceu, em agosto de 1974, Carminha já tinha cinco anos, era uma mocinha, como dizia a mãe. Audália levava a criançada para a igreja, amamentava a mais nova, mas já nem precisava se preocupar com os mais velhos, Carminha aos cinco anos dava conta de ajudá-la com os irmãos.

Foi nessa época que surgiu uma boa oportunidade de trabalho para Sérgio, em São Paulo, uma gráfica grande, salário melhor. E lá foram os seis, de ônibus.

Não demorou muito para Audália encontrar uma filial da sua igreja no bairro vizinho ao da nova casa da família. Nos fins de semana, ela se metia na igreja durante todo o tempo, das dez da manhã às dez da noite, e deixava marido e filhos em casa. Carminha ajudava o pai a cuidar dos pequenos. E mesmo nos finais de semana em que o pai tinha que trabalhar nos turnos extras da gráfica, era Carminha quem cuidava dos irmãos, esquentando a comida, dando banho, colocando pra dormir. E quando os pais voltavam para casa, as brigas começavam. Sérgio não se conformava: nem nos finais de semana que ele tinha que trabalhar para trazer o sustento pra casa, a mulher deixava de passar o dia todo na igreja. Mas Sérgio era um homem apaixonado, e o casal sempre dava um jeito de voltar a se entender, e assim nasceu Eduardo.

Agora Audália estava realmente cansada. Cinco gestações em oito anos era muita coisa para ela. Mesmo assim, não podia parar. Os Irmãos continuavam em profunda aflição, naquele momento Irmã Mauricéia Silva, de Guaianases, estava com Parkinson, Irmã Severina Ferreira sofria de glaucoma nos dois olhos, Irmão Benedito Teixeira do Parque São Mateus estava com esclerose múltipla e Irmã Dulce das Neves, da Cidade Tiradentes, sofria de embolia pulmonar. Esses não tinham a quem clamar, e estavam à mercê das suas orações e cuidados, era preciso orar, trabalhar, desdobrar-se em preces. Então, ela confiava os dois mais velhos aos cuidados de Carminha, e deixava os três em casa, só levava com ela os dois bebês. Eram dias longos, um trabalho difícil. Chegava exausta em casa, pronta para cair na cama e dormir.

Carminha era esperta, aos oito anos já sabia colocar a água para sopa, fazer feijão e arroz. Sérgio chegava em casa e encontrava as crianças sujas, a casa desarrumada, comida queimada no fogo e Audália dormindo. A mulher não conseguia nem abrir os olhos para conversar. Ele ligava a televisão e ficava por ali, assistindo, até pegar no sono, para não se apoquentar, para não perder a cabeça. Mas o duro mesmo era quando chegava em casa e via as crianças chorando porque tinham fome, ou estavam com a fralda suja há horas. Geladeira vazia, e Audália rezando, a cabeça em Deus, ou nas nuvens, sabe-se lá, o véu cobrindo tudo; igreja, casa dos irmãos necessitados, cama e, no dia seguinte, tudo de novo.

E quando Sérgio virava bicho de raiva, xingava, brigava, cobrava atenção da mulher para a casa, Audália tinha certeza de que o homem estava possuído pelo demônio, então erguia-se do chão e começava a recitar São Marcos 5.1-20, aos berros. Sérgio gritando com a mulher de um lado, ela gritando mais alto, em orações, do outro e, Carminha, que já estava acostumada à gritaria, tirava os irmãos da sala, fechava a porta do quarto e começava a cantar uma música para os irmãos, na esperança de que a tempestade passasse mais rápido.

As demandas na igreja só cresciam e Audália estava cada vez mais envolvida e compromissada, ao mesmo tempo, era cada vez mais difícil tentar arrumar tempo para cuidar da casa e dos filhos. Os seus estavam bem, tinham saúde, tinham onde morar, muitos irmãos da igreja precisavam mais dos seus cuidados. Além do mais, Carminha já estava com nove anos e já sabia fazer tudo dentro de casa. Era ela, inclusive, quem pedia dinheiro ao pai para fazer compras no mercado, comprar pães para os irmãos na padaria. Os dois meninos mais velhos já iam para escola, junto com Carminha. E os pequenos acompanhavam a mãe por suas peregrinações, agora já com mais um filho a caminho, na barriga.

Numa tarde em que Audália, entre uma visita e outra, precisou passar em casa para fazer alguma coisa rápida, encontrou Sérgio no sofá, macambúzio, contou que havia sido demitido da gráfica. Disse que estava em casa para desanuviar, mas já na manhã seguinte sairia para procurar um novo emprego. O aluguel ia vencer, a conta de luz, de água, o mercado... Sérgio falava muito, muito... Tantas palavras... Audália tentava se concentrar... Mas a barriga crescia, as pernas doíam, e os Irmãos precisavam de orações... Cada dia mais...

Paulinho nasceu pequeno, fraquinho, magrinho, demorou para chorar, demorou demais. Começou a ficar todo roxinho, os braços molinhos, o suor escorria pelo rosto da parteira, seus olhos franzidos. Carminha, na cabeceira da cama da mãe, mordia os lábios, os olhos brilhando, soluçava... Rezava de mãos dadas com a mãe que sofria as dores do parto e a agonia de não ver o filho reagir. Até que o menino deu um berro, e todo mundo ficou aliviado.

Quando Sérgio voltou para casa e soube do nascimento da criança, a primeira coisa que disse foi:

— Espero que você tenha bastante leite para dar a essa criança, porque acabou todo o dinheiro para comprar comida, o aluguel já está atrasado e eu não sei o que fazer. Não quero nem ouvir falar de você se meter naquela igreja, por enquanto, entendeu? Tá me ouvindo?

AS CASAS ONDE NÃO VIVI 117

Aquilo pareceu uma maldição. Foi Sérgio falar e o peito de Audália secar. Teve o colostro, isso teve, e teve leite para uma semana, dez dias no máximo, depois, não mais.... Era uma choradeira dentro de casa. Paulinho com fome, os mais velhos com fome. Audália pensando nos irmãos que passavam tanta necessidade e ela sem poder ajudar, ajoelhava-se atrás da porta, o véu na cabeça, e fazia suas orações da forma que sabia, do jeito que podia.

Sérgio, desesperado, sem saber o que fazer, vendo as crianças passando fome e a mulher sem dizer qualquer palavra fora das orações, fez a primeira coisa que lhe passou pela cabeça para salvar os filhos.

Dá a mão pro seu irmão Júnia, e vamos pra rua pedir ajuda. Pedir comida. Qualquer coisa.

E lá foram, pai e as cinco crianças, sofridas, magras, descalças, sujas, com os cabelos emaranhados, mãos estendidas para frente, cabeça baixa, olhando o chão. Na rua, as pessoas até davam algumas moedas, e também olhares de reprovação para aquele pai, mas nenhuma comida que, naquele momento era o que Sérgio mais pedia. Foi aí que Sérgio, no seu desespero de pai, teve a ideia de bater de porta em porta. Mandava os dois menores na frente e ficava com os três maiorzinhos à distância, acreditava que assim teriam mais chances de conseguir ajuda. Algo para os pequenos comerem ao menos.

— Pede "por favor" e diz "obrigado" sempre, viu? Mesmo que não deem nada para vocês, agradece. Mostra que vocês não têm comida, mas têm educação. Sérgio orientava buscando restaurar, ainda que minimamente, alguma dignidade paterna.

Nas casas, funcionou melhor. As crianças ganharam biscoitos, salgadinhos e até um prato de comida.

De barriga mais ou menos cheia, os maiores dormiram melhor naquela noite e, como por milagre, Paulinho também se acalmou e dormiu a noite inteira sem acordar, pela primeira vez.

No dia seguinte o menino foi ficando da mesma cor de quando nasceu, arroxeado, foi ficando gelado. Sérgio não sabia o que fazer e Audália fez a única coisa que sabia: orar. Orar com o mesmo fervor que orava para os irmãos da igreja, para que o menino se recuperasse, reagisse, ficasse forte.

— O menino tá morto, Audália!, disse Sérgio desesperado, aos prantos, ao sentir o pulso da criança.

Audália entendeu que aquela fala não era do seu marido, mas sim do Tinhoso. Era ela devota, crente, tinha confiança em Deus Pai Todo Poderoso sobre todas as coisas, e no Senhor Jesus Cristo, conhecia como ninguém os disfarces do Coisa Ruim.

Ela então envolveu Paulinho em um xale, e saiu com ele nos braços pela rua, para salvá-lo do demônio. Andava no meio da rua e gritava a plenos pulmões para ser ouvida, pedia ajuda.

Nina, mãe de Sérgio, chegou em São Paulo às pressas quando soube da morte do neto. Trouxe dinheiro para a passagem de ônibus de todos. Levou todos de volta para Patos de Minas. Não conseguiu acreditar no que via: as crianças cobertas de piolhos, desnutridas, maltrapilhas. Eduardo, o mais novo, tinha bicho até na sobrancelha.

As roupas dos cinco irmãos eram bem poucas e couberam todas em uma única malinha.

Mas na hora marcada para a viagem:

— Cadê Audália?, perguntou Nina.

— Sumiu, disse Sérgio.

— Mamãe foi embora. Carminha cochichou baixinho no ouvido da avó. Disse que ia ficar com Deus.

Sérgio então resolve ficar para procurar a mulher. Despediram-se na rodoviária. Avó e netos em direção a Patos de Minas.

Mas a procura foi em vão. Minha mãe nunca mais foi encontrada.

E alguns dias depois, despejado da casa, Sérgio, embarcou para Belo Horizonte, onde o amigo de um amigo havia conseguido emprego para ele em uma gráfica na capital.

Essa é mais ou menos a história do meu pai, um estranho para mim, que não vejo desde aquela despedida na rodoviária.

CAPÍTULO 11

Me desdobrando

Carminha não desiste da ideia de trazer o pai para perto de nós. Começa a falar com ele todos os dias pelo telefone. Até que consegue convencê-lo a deixar Belo Horizonte, e vir morar em Vila Velha, não na mesma casa que a gente, que nem tem espaço, mas na mesma rua, numa casa em frente. Ele chega com a mulher, Jovelina, e o filhinho do casal, um bebê ainda.

A primeira vez que eu encontro meu pai eu tenho um sentimento estranho, que não dá para explicar. Ele não é um completo desconhecido, mas ao mesmo tempo não é uma pessoa por quem eu sinta algum tipo de carinho. Não tenho muitas lembranças dele, a não ser de quando passamos fome e fomos obrigados a pedir comida de porta em porta e, depois, vagamente, me lembro de quando nos despedimos na rodoviária.

Alguns dias depois de o meu pai ter chegado, entro em casa vindo do trabalho e encontro Carminha radiante. Ela está abraçando o Nunes, muito animada.

— Juninha, o Nunes conseguiu um emprego pro papai! Agora ele vai poder ficar perto da gente para sempre!

Muitas vezes, à noite, quando volto da loja, meu pai está sentado na sala conversando com a Carminha. Nesses dias, minha irmã parece dez anos mais nova, ela parece uma adolescente, conta histórias, dá risada, segura as mãos dele, faz café, toca violão e eles cantam juntos umas músicas conhecidas e outras inventadas. Meu pai canta bem, tem uma voz boa e a minha irmã toca violão muito bem, puxou a vovó Nina.

Agora estou dobrando uma camisa verde com uma paisagem de praia e coqueiros nas costas, e vejo uma moto que passa de um lado para outro na frente da loja. Não parece perdida, parece que passeia, de propósito, na frente da loja. Essa cena me faz lembrar do Rogério com sua bicicleta, passeando de um lado para o outro na frente da casa da minha avó, em Patos de Minas. O herói salta da moto, tira o capacete, e se revela um moço bonito, bem vestido. Ele entra na loja.

— Oi! Eu sou o Wellington, ele se apresenta esticando a mão direita em minha direção.

Retribuo o aperto de mão, pensando o quanto esse moço é educado e bonito.

Logo descubro que o moço gentil é sobrinho do dono da loja. Chegou lá para mostrar ao tio a moto que ele acabou de pegar na concessionária: uma Yamaha vermelha, 125, ano 1988. O tio lhe dá os parabéns e diz que de agora em diante ele já está pronto para começar a trabalhar, como eles combinaram. E, desde então, ele passa na Bliss todos os dias, para tratar de vários assuntos diferentes; resolver uma pendência de negócios, orçamento, compras, verificar e conferir os estoques.

— Que esquisito esse interesse do Wellington nos negócios do tio de uma hora para outra, não acha não Júnia?, pergunta Carla, minha colega de trabalho na loja.

Na hora dou de ombros, porque a única coisa que eu acho é que eu tenho muita camisa para dobrar e pouco tempo e vontade para me preocupar com a vida do dono da loja e do seu sobrinho. Carla é uma boa moça, e uma boa colega de trabalho, mas não é uma amiga com quem eu possa conversar e falar de tudo. Às vezes ela parece mais interessada na vida das outras pessoas na loja que na dela própria.

Já em casa, resolvo escrever para Lili.

> *Lili querida!*
> *Tá tudo bem com você? E a escola, como vai? Eu ainda estou sem estudar, por enquanto, mas pretendo voltar. Só que preciso estudar à noite, para não atrapalhar o trabalho. No trabalho, eu conheci um menino. O nome dele é Wellington, e ele é sobrinho do dono da loja onde eu trabalho. Somos só amigos, mas ele é legal, educado, e tá fazendo faculdade. É a primeira pessoa que eu conheço que faz faculdade, que vai se formar, que vai ter um diploma, não é o máximo??? No mais, está tudo bem e eu estou feliz na casa da minha irmã.*
> *Me manda notícias! Saudades!*
> *Júnia*

Depois de escrever a carta, vou para a sala e vejo Joana, minha sobrinha, ensaiando os primeiros passinhos.

E eu fico pensando como ela tem sorte em ter uma mãe como a Carminha, e um pai como o Nunes, e uma casa como aquela, onde tudo funciona, onde tem comida pronta, cama arrumada, tudo. É tudo muito simples, é verdade. São dois quartos, uma sala pequena, uma cozinha minúscula e um banheiro menor ainda, mas tudo é bem cuidado pela Carminha. Organizado. Muito limpo. Na parede da sala, a paixão da minha irmã está pendurada: Chaplin sentado nos degraus ao lado do Garoto, em um pôster enorme, em preto e branco. Do quarto da minha irmã sai uma escada que vai dar na laje, onde ela planeja um dia aumentar a casa, mas que hoje é o meu refúgio, de onde é possível ver o telhado da casa do meu pai que, vista de cima e à noite, é menos assustadora do que a lembrança que eu trago dos momentos em que vivi com os meus pais na infância.

— Bonita que é essa cidade iluminada, não é dona Júnia?, o Nunes chega puxando conversa, sem que eu tenha percebido ele subir.

— É bonita sim.

— Pois é, dona Júnia. O problema é que viver nessa cidade tá ficando cada vez mais caro. Belezura tem preço, sabe? Então, agora que você já tá aqui há algum tempo, acho que já tá na hora de você ajudar um pouco mais em casa. Acho que você podia pagar a conta de luz, já ajudaria bastante.

Fico olhando para ele sem entender, direito. Tenho apenas 14 anos e quando cheguei o combinado era de que eu precisava trabalhar para comprar as minhas coisas. Sem saber ao certo o que dizer, lembro ele do nosso combinado inicial. Ele diz que as coisas são assim mesmo, que vão mudando de acordo com as necessidades. Que eu moro lá de graça, tenho casa, comida e roupa lavada. Que ele trabalha para sustentar todos nós dentro de casa. Que Carminha cuida de tudo. Que é até injusto eu usar o meu dinheiro só com as minhas coisas. Então eu penso e digo que sim, que ele tem razão. E nesse momento ele desce e volta com uma carta, e exige que eu assine embaixo, selando este meu novo compromisso. Guardo esse texto até hoje comigo.

Eu, Júnia Marise, prometo ao meu cunhado, Nunes, respeitá-lo e obedecê-lo dentro da sua casa, onde eu convivo com a minha irmã, e a fazer todas as obrigações que me ordenar. Também me comprometo a dar minha contribuição todos os meses.

Quando descemos, após firmar nosso compromisso assinado, que ele guarda em seguida sem comentar com a Carminha, o jantar está na mesa.

— E aí, tem visto o seu pai, Carminha? Vocês têm se falado? Faz tempo que não tenho notícias dele, que não vejo ele por aqui..., diz Nunes.

— Ah, ele tá desanimado... Tá pensando em voltar para Patos de Minas. Diz que o trabalho aqui não é muito bom.

— Eu vou te falar, viu meu amor, essa tua família é tudo um bando de preguiçoso, ninguém quer saber de trabalhar, não...

— Me deixa fora disso, Nunes!, eu me defendo rapidinho.

— Você não. Você pelo menos tá trabalhando, sem reclamar.

Alguns dias depois, eu chego em casa e Carminha me conta que o pai está indo para a rodoviária, decidiu ir embora sem mais nem menos, sem explicar o porquê. Ela não se conforma, diz que o pai tem tudo para continuar vivendo em Vila Velha, uma casa para morar, emprego certo, família por perto, mas decidiu largar tudo para voltar a Patos e começar do zero de novo. Carminha ainda diz que se sente culpada, por ter tirado ele de Belo Horizonte. Mas tudo aquilo mexe pouco comigo, meu vínculo com meu pai é pequeno, quase nada. Durante o período em que ele esteve por ali, nós pouco conversamos. Com a mulher dele, Jovelina, eu não troquei uma palavra além de bom dia, boa tarde, boa noite. E eu sinto também algum remorso, por pensar que pra mim, nada muda se ele vai ou se ele fica.

Durante aqueles meses em que foi nosso vizinho, ele nunca perguntou sobre o meu trabalho, sobre os meus planos, nunca quis saber se eu estava bem, se eu precisava de alguma coisa, ele nunca tentou me conhecer, nunca se aproximou, nunca se deixou conhecer. Ele voltou para Patos de Minas sendo a mesma pessoa que ele era para mim quando chegou em Vila Velha, um homem bonito e triste, um desconhecido.

Falar sobre o meu pai é ser testemunha do que eu não vivi. Lembro que, anos mais tarde, visito meu avô, já muito doente, em Patos e encontro meu pai, ele fala comigo como se fosse um velho conhecido.

— Oi Júnia, tudo bem com você? Como você tá?

— Estou bem, trabalhando e estudando, e o senhor?

— Tudo bem também. A Jovelina teve outra filha, agora você tem mais uma irmã.

— Quando é que o senhor vai parar de colocar filhos no mundo?, eu pergunto em tom de brincadeira.

Ele não me dá nenhuma resposta mais. Acho que no final das contas, meu pai oferece o que pode. É muito difícil para mim entender a ausência, a distância, a indiferença. Hoje em dia eu me reconcilio com os fatos e chego à conclusão de que está tudo bem, ele dá o que pode, e eu, que sempre tive pouco, recebo com o coração que tenho.

CAPÍTULO 12
O Primeiro bolo

Minha vida agora está completamente virada. Trabalho das 8h00 às 18h00, com uma hora para o almoço. Todos os dias, depois do trabalho, eu visito uma escola diferente, quero escolher direito, quero escolher certo, eu mesma sou meu pai e minha mãe e eu vou pagar por essa escola, então quero um colégio bom, quero aprender mais e quero conhecer gente interessante e interessada como o Wellington, que fala sobre um monte de coisas que ele aprende na faculdade e lê no jornal, coisas que acontecem no Brasil e no mundo, ele sabe de muitas coisas, porque ele faz faculdade e isso muda a vida de uma pessoa.

No trabalho, agora eu fico sozinha na recepção da loja, atendendo os clientes, mas continuo dobrando camisas, organizando as prateleiras, recebendo os representantes de vendas, servindo café, é uma correria só. Com a saída da Carla, que foi para um outro departamento na fábrica, o trabalho aumentou bastante. É verdade que também tive um pequeno aumento de salário, mas nem se compara ao aumento do trabalho. Dobrar camisas é um trabalho solitário, então adoro quando aparece alguém para bater um papo comigo. Pode ser cliente, fornecedor, alguém da fábrica que entra na loja para verificar alguma coisa.

Um dia estou na loja, me concentrando na minha camisa 199 do dia — chego a dobrar quase mil camisas por dia, 890 é o meu recorde — quando chega o Roberto. Ele é um dos representantes de vendas da Bliss, é um sujeito tranquilo, falante, brincalhão, de bem com a vida, cabelo grisalho, sorriso fácil, sempre que ele chega, eu sei que a conversa vai ser boa. Roberto me trata muito bem, é assim que ele trata todo mundo, inclusive. Eu sigo dobrando as camisas enquanto conversamos

— Aceita um cafezinho, Roberto?

— Claro! Mas e aí, me conta Júnia, você já voltou para escola como você queria?

— Ainda não Roberto, estou me organizando ainda, pegando o jeito agora que fiquei sozinha aqui na loja.

— Não demora não, Júnia. Estudar é importante. Estudar é liberdade. Eu sempre falo isso para os meus filhos, quando eles reclamam que eu não deixo eles fazerem nada, eu digo: vão estudar, vão ganhar a vida de vocês e daí serão livres para fazerem o que quiserem, inclusive morarem onde quiserem.

— Que idade têm teus filhos, Roberto?

— Minha caçula é da tua idade, eu acho, deixa eu te mostrar a foto dela.

Ele mostra a foto da família que traz dentro da carteira com orgulho. E acho aquilo maravilhoso. Um pai que se orgulha dos filhos, que mostra a família. Que coisa mais linda!

— Não perde tempo não, Júnia. Você é muito nova, e muito inteligente pra ficar dobrando camisa o dia todo, vai estudar, menina, que o tempo passa rápido demais.

A minha vida, pouco a pouco, está entrando nos eixos, mas minha irmã Carminha tem um olhar diferente, anda longe, distraída. Acho que começou a ficar assim desde que nosso pai foi embora, talvez seja saudades, pois quando eu pergunto se está tudo bem, ela só responde: "a família estando bem, eu estou bem. "

Demoro até encontrar uma escola que funcione bem para mim, porque preciso estudar à noite, quero uma escola boa, mas o colégio não pode ser do outro lado da cidade e ainda tem que caber no meu bolso. Mas, com muito custo, com a ajuda de algumas pessoas da fábrica, consigo uma bolsa parcial e, depois de algumas semanas, finalmente acho uma escola para estudar. E nessa hora, o que já era bom, fica ainda melhor, porque a partir daí, além de dobrar camisas, atender clientes, organizar as prateleiras, conversar com os representantes de vendas, eu também vou para escola e com isso tenho assuntos novos para conversar.

A minha irmã, por outro lado, parece cada vez mais fechada. O violão agora não sai mais da parede, e essa era a sua maior diversão. A cada dia que passa, ela quer participar mais e mais da minha vida e, de repente, o mundo dela mesmo parece ter ficado menor nos últimos tempos. Carminha quer saber de tudo, cada detalhe, cada sabor, cada impressão, é como se ela quisesse sair de casa através de mim, sem se arriscar a ir ela para a rua. O Nunes segue com a vida dele, é um homem honesto e trabalhador e comigo ele fala o básico, o necessário, ainda mais agora que a gente se vê pouco, com minha vida atribulada pelo trabalho e pelos estudos. A Joana está crescendo, descobrindo o mundo e é bonito vê-la crescer. Parece que só a Carminha não consegue contar com ela própria para viver a vida, está sempre buscando a vida nos outros, em mim, no Nunes e até na Joana.

Aos finais de semana, por indicação de uma amiga da escola, passei a frequentar uma igreja no Bairro de Santa Inês. É uma paróquia pequena, frequentada por muitas pessoas da mesma idade que eu, embora com uma vida bem diferente: todo mundo tem pai, tem mãe e não precisa trabalhar, são só estudantes ainda. Mas eu sentia falta das orações, saudades das irmãs do Lar. Então me juntei ao grupo de jovens da igreja, e formamos um time de vôlei feminino. Jogamos nos fins de semana, na beira da praia. Outro lugar que passei a frequentar. Depois do jogo, sentamos na areia para assistir ao pôr do sol. Nesses momentos, eu volto a me sentir adolescente, livre de obrigações e de responsabilidades. Só assim eu volto a ter 14 anos, minha idade de fato.

Numa tarde de tempestade, cai a energia e o bairro fica no escuro, alagado, e o trabalho é mais ou menos interrompido, já que não há energia na fábrica e nem luz na loja. Roberto aparece, cigarro na boca, cabelo molhado, o sorriso divertido de sempre, ele me entrega um bombom e senta do meu lado, tomando o café, pensativo. Por fim decide puxar conversa.

— E aí Júnia? Quais são as novidades?

— Vou fazer aniversário, sabia?

— Sério? Quando?

— Semana que vem, na quarta-feira.

— Quantos anos?

— Quinze

— E a festa?

— Que festa?

— Ué, sua festa de quinze anos, menina!

— Não vai ter festa nenhuma não, Roberto.

— Como não? É 15 anos! Você vai deixar de ser menina pra se tornar uma mulher! Precisa ter festa! É uma fase importante na vida de uma garota.

— Vai ter festa nenhuma não, Roberto. Até parece. Não tenho dinheiro nem para pagar a escola direito, quanto mais fazer uma festa.

Dois dias depois, Roberto volta à loja. Para na minha frente, respira fundo como se fosse fazer um discurso e daí solta o ar com um sorriso ainda mais largo que o de costume. Ele alisa os cabelos com a mão e, então, diz:

— Júnia, minha esposa e eu queremos comemorar o seu aniversário. Pensamos em convidar sua irmã, seu cunhado e sua sobrinha para um jantar lá em casa. Aí a gente faz um bolinho, canta parabéns, e aí, o que você me diz? Uma festinha pequena, hein?! Para não passar em branco.

Eu, que nunca tive nenhum bolo na vida, quem dirá uma festa! Nunca ninguém cantou Parabéns para mim. Eu prendo a respiração. Não sei o que dizer, mas estou tão feliz...

— Como assim um jantar de aniversário? Pra mim, Roberto? Como assim? Você tá falando sério?

Fico numa felicidade sem fim, dou pulos de alegria, como se eu fosse uma criança e sem saber bem o que fazer, eu corro para dar um abraço de agradecimento em Roberto. E começo a chorar. A chorar de alegria de um jeito que eu não consigo me controlar. Eu não consigo acreditar que uma pessoa que mal me conhece resolve oferecer um jantar para comemorar a minha vida, os meus 15 anos.

Chego em casa correndo para contar a minha irmã.

E no dia 30 de agosto de 1989, eu levo mais de uma hora para me arrumar. Uma coisa é certa, eu vou com a calça jeans, minha primeira calça jeans, que eu consegui comprar depois de meses. Uma peça super transada que foi trazida do Rio de Janeiro, bem cortada, bem desenhada, que vai durar anos, e que ficou muito bem em mim. Eu troco mil vezes de blusa até achar a certa.

O Roberto faz questão de sair do centro de Vila Velha onde ele mora com a família, para vir me buscar. Eu, a Carminha, o Nunes e a Joana.

Quando chegamos na casa dele, eu não consigo acreditar. A família dele organizou mais que um jantar. É uma festa surpresa para mim! Meu Deus! Não estamos só nós, a minha família e a dele, mas sim um monte de gente do trabalho. E até o Wellington está lá. E além das pessoas todas, tem música tocando, balões, salgadinhos, uma torta de frango cremosa que é uma das coisas mais gostosas que já comi na vida até hoje. A filha do Roberto, que tem a minha idade, também chamou algumas poucas amigas dela que estão dançando na sala, juntas com algumas poucas amigas da minha escola e do time de vôlei que eles também se deram ao trabalho de chamar. É muita gente numa festa pra mim. Até a Carminha, que é sempre tão fechada, se abre por um momento e até dança com o

Nunes, enquanto a Joana dorme num sofazinho no canto. E daí tem a hora do bolo e eu acho que nunca ninguém teve um bolo tão bonito como o meu. Um bolo todo branco com três camadas, maravilhoso! Meu primeiro bolo, a primeira vez que a minha vida é, de fato, celebrada. E eu experimento pela primeira vez esse sentimento de me sentir amada, acolhida, totalmente aceita do jeito que eu sou. Ninguém ali me vê como um incômodo, uma pedra no sapato, um problema a ser resolvido. Esse é um dos momentos mais felizes da minha vida.

E para completar a noite, enquanto ainda estou extasiada no quintal da casa, Wellington vem me dar um beijo, o nosso primeiro beijo, que eu retribuo de maneira rápida, enquanto ouço me chamarem para cantar os parabéns. E nessa hora, na hora de apagar as velas do bolo, é a mão da Carminha que eu seguro, minha irmã, minha melhor amiga, minha estrela-guia, àquela que sempre foi minha mãe, desde pequena.

Meu namoro com o Wellington começa naquele dia regado a muito guaraná e brigadeiro. A festa foi um sucesso! Por semanas, só se fala dessa festa na loja e em casa.

CAPÍTULO 13

DDD e um encontro

O tio do Wellington resolve se afastar dos negócios — a loja está sob nova direção — e eu vejo as exigências duplicarem sem nenhuma contrapartida. Agora passamos a trabalhar de segunda a sábado. No caminho do trabalho, eu fico olhando as outras lojas, observando as vitrines, as vendedoras, os modelos, considerando possibilidades...

Aos domingos, o Wellington e eu passeamos de moto, tomamos sorvete, vamos ao parque, a praia, essas coisas que namorados fazem juntos. Eu falo mil vezes que preciso estar em casa até às dez e meia, mas ele faz corpo mole, enrola, atrasa. Quando isso acontece, o Nunes me tranca para fora de casa. E me deixa ali por horas, até ele ou a Carminha vir abrir a porta. Quando ela abre é melhor, porque ela só diz que o Nunes não gosta que eu demore ou passe do horário que ele determinou para estar em casa. Mas quando é ele, a bronca é maior. Fica dizendo que eu assinei um termo em que me comprometo a respeitá-lo, diz que a casa é dele e que eu moro ali de favor e por isso preciso respeitar as regras do dono da casa.

O Wellington é um avoado. Às vezes eu gosto muito dele, mas às vezes eu gosto menos, principalmente quando ele demora a me levar para a casa. Eu também gosto do Nunes, na maioria das vezes, mas nesses dias em que eu demoro para chegar, eu morro de medo dele.

As coisas no trabalho seguem só piorando. Cada vez trabalhamos mais, sem qualquer aumento ou benefício. Os novos patrões a gente quase não vê, e algumas pessoas que nem são da fábrica chegam lá de vez em quando mudando tudo, mandando em todo mundo.

Resolvo cuidar de mim, e quando consigo um emprego numa outra loja ali perto, peço demissão da Bliss. Começo a trabalhar nesta nova loja que tem o estoque bem mais atualizado, tem muito mais clientes e o meu salário é um pouco melhor também. Mas minha alegria dura apenas seis meses. Na loja há mais vendedoras, e eu não consigo cumprir as metas de vendas desejadas. Não me encaixo no ambiente, e sou demitida.

Sem trabalho, eu vejo cada vez menos o Wellington. Agora ele precisa passar em casa se quiser me encontrar, e ele morre de medo do Nunes. Nunes também me deixa sair cada vez menos, diz que comigo dependendo totalmente dele, as regras são outras. À noite Wellington vai para a faculdade e eu para a escola, com tudo isso nosso namoro vai terminando aos poucos, do mesmo jeito que começou, sem dramas.

Agora, de dia eu procuro emprego, em lojas e fábricas, no comércio em geral, durante a noite vou para a escola. Eu sempre almoço em casa, e então um dia, depois do almoço, eu não saio para buscar trabalho. Nesse dia eu consigo convencer a minha irmã a ir ao cinema comigo. Só consigo isso porque o Festival do Chaplin está em cartaz no cinema que fica bem perto da nossa casa. Vamos ver "O Garoto", e é a primeira vez que vamos ao cinema juntas. Eu, ela e Joana. A sala está quase vazia, é dia de semana, à tarde. Eu comprei os ingressos com o dinheiro da minha rescisão, e compro também um saco de pipoca dos maiores para a Joana. Quando as luzes se apagam alguma coisa dentro da minha irmã se acende. Não sei bem o que é, mas ela tira as costas da cadeira, e vai se sentar bem na pontinha do assento, como se não se importasse em cair no chão, como se quisesse entrar na tela e por mais de uma hora ela desaparece, deixa de ser a Carminha, a mãe da Joana, para ser uma criança, vidrada, feliz e sorridente até a hora em que a tela se apaga e as luzes acendem. E para minha surpresa, quando Joana reclama que quer ir embora, Carminha pede que eu a leve pra casa e diz que vai ficar, para assistir ao filme mais uma vez.

Quando Carminha chega em casa, ela é uma pessoa modificada, parece, de novo, uma jovem adolescente, talvez uma jovem de 21 anos de idade, que é de fato a idade que ela tem. Ela está leve, desperta, com um brilho no olhar. Para completar meu espanto, ela pega o violão e toca uma sequência de músicas lindas, tão lindas que eu nem sabia que ela tocava.

No dia seguinte, eu tomo coragem, visto o meu jeans do Rio de Janeiro, e entro na loja mais estilosa da região, o nome é Extravaganza. É uma loja só de jeans, uma roupa mais linda que a outra. Extravaganza é a primeira loja que organiza desfile de modas em Vila Velha. Eles também promovem alguns shows, e fazem até propaganda na televisão, nos canais locais. Se você tem mais de 13 anos de idade, é menina e mora em Vila Velha, você vai querer comprar uma roupa naquela loja. Mas eu, o que queria mesmo, era trabalhar lá.

— Bom dia! Eu queria falar com o dono da loja, por favor, eu peço, na maior cara de pau para a primeira vendedora que encontro.

— O seu Bernardo não está no momento, eu posso te ajudar?

— Meu nome é Júnia, e eu quero muito trabalhar nessa loja!

— Olha, eu não sei se eles estão contratando. Mas volta depois das 18h, que ele sempre passa aqui nesse horário.

Eu olho o relógio a cada 15 minutos. Parece até que eu estou de novo em Araxá, na casa da minha tia Cidinha, espiando o relógio da sala que vai decretar a hora do meu despejo... Mas agora o sentimento é outro, agora eu quero que o tempo passe, que o tempo voe. Fico por ali, dou uma volta, sento na praça, espero, sempre de olho na porta da loja. Até que vejo um carrão parar em frente. É um Subaru cor de vinho. Um carro que até então eu nunca tinha visto. Meu coração acelera quando vejo um homem todo moderno e arrumado descer do carro. Sei que é o dono da loja, só pode ser. Respiro fundo e tomo coragem.

— Oi, boa noite, tudo bem? Meu nome é Júnia. Eu conversei com a Silmara, vendedora da loja, e ela me falou que o senhor chegaria nesse horário... Eu sou apaixonada pelas roupas da sua loja! E eu gostaria muito de poder trabalhar aqui.

Ele me olha com um sorriso que não entendo se é de espanto ou de troça, mas parece simpático.

— Sei... Mas você tem alguma experiência?

— Sim, já tem quase dois anos que eu trabalho em lojas de roupas.

— Dois anos? Mas quantos anos você tem?

— Tenho quinze!

— Quinze anos?? Ah, Júnia, você ainda é muito nova. 16 anos é o mínimo de idade para eu contratar. Mas olha, volta quando você tiver 16 anos, tá bom? Aí a gente conversa.

— Eu vou voltar. Com certeza eu vou voltar sim!

Saio arrasada da loja, como assim muito nova? Trabalho desde os 14... Então eu olho para um senhor com um chapéu de palha, ele está de mãos dadas com uma menininha, imagino que deve ser sua netinha. Então eu lembro do seu Rafael, lembro da história do rio Jordão: mergulhar um monte de vezes, o quarto mergulho é para a gente não desistir, o sexto mergulho é para a gente ter fé. E sigo em frente, vou batendo de porta em porta nas lojas que existem por ali, durante todo o percurso até a casa da minha irmã.

Consigo emprego como vendedora em uma loja do bairro, um lugar simples, sem muitos atrativos, que me paga menos do que eu ganhava no último emprego, mas que me paga em dia.

E no dia que completo 16 anos, saio mais cedo do trabalho e faço uma nova visita à Extravaganza. Fico por ali, na loja mesmo, fingindo que estou olhando as roupas, até seu Bernardo chegar, às 18h.

— Oi, seu Bernardo! Tudo bem? Vim te avisar que eu acabo de completar 16 anos, e queria saber quando eu posso começar a trabalhar aqui?, pergunto com um sorriso cheio de esperança

Oi... Júnia, né, o seu nome? Mas você ainda tem cara de criança, Júnia! Parece que tem 12 anos de idade! Além disso, eu não tenho vaga para mais uma vendedora neste momento. Mas olha, um dia você ainda vai trabalhar aqui na nossa empresa, viu?

Foram sete mergulhos no rio Jordão, eu ainda lembrava cada um deles; o primeiro para a gente aprender a ser humilde, o segundo é para ser obediente, o terceiro é para gente aprender a fazer a nossa parte e daí não desistir, ter entusiasmo e daí ter fé.

Por duas semanas eu vou de casa para o trabalho, do trabalho para a escola e da escola para casa, mas só penso na possibilidade de trabalhar na Extravaganza. Por duas semanas eu tento aprender a tocar violão com a Carminha, mas é muito difícil pra mim, minhas mãos ficam doloridas... A artista da família é mesmo a minha irmã, não eu. E depois de quinze dias, eu resolvo voltar a Extravaganza.

— Oi, seu Bernardo, boa noite, desculpa te incomodar novamente, mas voltei para te pedir apenas uma oportunidade. Eu tenho certeza de que o senhor não vai se decepcionar.

Seu Bernardo me olha fixamente, mas parece que ele não me enxerga, a impressão que tenho a de que ele está num mundo só dele, matutando sobre um monte de coisas e, talvez, entre elas, a decisão de me contratar. Ele demora para dizer alguma coisa. Um silêncio de alguns minutos que parece uma eternidade, creio que pra mim, e pra ele.

— Tá bom, Júnia. Tá bom. Se você quer tanto assim trabalhar aqui, pode começar a partir de amanhã. Ele fala com um suspiro, entre divertido e vencido pelo cansaço.

Saio muito feliz. Volto para casa pensando que a Irmã Cacilda e seu Rafael iam ficar muito orgulhosos da minha coragem. É isso, agora eu vou trabalhar na Extravaganza, a loja mais transada de Vila Velha.

E no meu primeiro dia de trabalho, vejo que tudo é ainda melhor do que eu tinha imaginado. O movimento é grande, bem grande, os clientes são pessoas educadas, que me tratam com respeito. A maior parte das pessoas que entram na loja já entram para comprar. E não só para perguntar o preço.

Em frente a Extravaganza tem uma loja um pouco menor. Lá trabalha a Vanessa, que faz o mesmo horário de almoço que eu. Nos tornamos amigas. Nossos caminhos ainda vão se cruzar muitas vezes, mas no futuro, naquela época, ela é apenas a minha amiga da loja em frente. Volta e meia o Roberto, meu amigo representante da Bliss, também passa pela Extravaganza. Ele toma um café, conversa com o seu Bernardo, que eu nem sabia que ele conhecia, e também conversa comigo, pergunta como estão as coisas e eu digo que está tudo bem, que eu estou muito feliz. Inclusive estou estudando. E ele gosta de ouvir isso.

Agora estou ganhando bem, porque além do salário que é mais alto do que todos os meus anteriores, eu também ganho comissão sobre as vendas e, pela primeira vez, tenho carteira assinada. Não consigo parar de pensar que se não fosse pela Carminha, e também pelo Nunes, que me aceitaram na sua casa, eu ainda estaria em Patos de Minas, naquele hospício. Sigo trabalhando e estudando, e imagino que isso é vencer na vida, aos 16 anos. E então, um novo pensamento começa a crescer dentro de mim, como se fosse massa de pão no forno, começa a ficar alto, a ficar dourado e decido compartilhar essa ideia com a Carminha.

— Carminha, eu estou pensando em trazer o Fernando pra cá. Tirar ele de Patos, tirar ele daquela vida no meio daqueles malucos. Quero dar a ele a mesma chance que você me deu. Digo para minha irmã quando chego em casa, à noite, depois da escola.

— Trazer ele prá cá?, o olhar dela ganha um brilho diferente, como eu imaginei que pudesse acontecer. "A família estando bem, eu estou bem."

— É. Trazer ele pra cá! Para Vila Velha. Para que ele possa trabalhar e estudar e vencer na vida, assim como eu. Para mudar de vida!

— Sei... Mudar de vida, né Júnia? É... Mudar de vida... Quem me dera também poder mudar de vida...

— Oi? O que você disse, Carminha?

— Nada não... Mudar de vida... Quem dera... Ela diz, com o pescoço inclinado para o lado, o olhar para o alto...

— Eu posso ajudá-lo a conseguir um emprego.

Minha irmã só assente com a cabeça e eu entendo aquilo como um sim. Então ligo para o Fernando, ou melhor, para a vizinha, e digo a ele que estou muito bem, que trabalho na Extravaganza, a melhor loja de roupas de Vila Velha, que ganho muito bem, que estou estudando, que compro minhas coisas com o meu dinheiro, que pago a conta de luz da casa da Carminha, e que é muito bom poder ser independente e responsável, e que se ele quiser, ele também pode ter tudo isso. Também digo a ele que a casa da Carminha é pequena e que muito provavelmente o Nunes não aceitaria ele morando lá, mas que a gente pode dar um jeito de arrumar uma pensão para ele morar.

Demora um pouco para eu convencer Fernando a sair da casa da minha avó e vir para Vila Velha, mas eu não desisto. Ligo pra ele dia sim, dia não. E quando, finalmente, ele decide se mudar, eu mando o dinheiro da passagem de ônibus.

O Fernando chega em Vila Velha já empregado. Seu Bernardo indica o meu irmão para um amigo dele. É uma loja de artigos esportivos. Ele entra como ajudante geral na loja. Mas também ajuda nas vendas. Ele mora em uma república, a duas quadras de nós.

Tudo parece ir muito bem, até que descubro que meu irmão mudou de cidade, mas continua a ser o Fernando de lá de Patos, tem altos e baixos, mistura fases em que é muito sociável com outras de total isolamento. Tem dias que vem nos visitar e é o rapaz mais simpático e feliz do mundo, pede para Carminha tocar violão e canta com a gente, nos abraça, o que também sempre faz muito bem a minha irmã. Em compensação, de repente some e passa semanas sem aparecer e sem dar notícias.

Numa manhã de sexta-feira, num desses períodos em que Fernando está desaparecido das nossas vidas, eu atendo uma cliente quando alguém me chama no fundo da loja, diz que tem um rapaz ao telefone querendo falar comigo. Imagino que pode ser o Ronnie do estoque, querendo fazer conferência de material, ou pode ser meu irmão Fernando, enfim, dando notícias. Mas não é nem um nem outro.

— Alô Júnia, ocê não me conhece inda não, aqui é o Eduardo, Dudu. Eu tô ligando aqui de Belo Horizonte, sou seu irmão. Pedi pro Kilmer, nosso irmão, seu telefone pra falar com ocê. Cê num imagina a vontade que tô de te conhecer.

O tempo para. Eu caio numa fenda... Numa fenda do tempo e do espaço e em um segundo eu sou pequenina, e ando pelas ruas, o Eduardo é ainda menor, e a gente sente tanto frio, e tanta fome. E eu pego na mãozinha dele para pedir comida nas casas. Vem Dudu, vamos pedir ali naquela casa. Do outro lado da rua, meu pai e meus outros irmãos...

— Alô... Alô... Júnia? Ocê inda tá aí?

— Eu tô aqui, tô aqui sim!

— Que bom fala com ocê, mana! Cê não sabe da vontade que eu tinha de fala com ocê! Ó, eu vim aqui na padaria compra pão e aí eu encontrei uma ficha no chão e então eu achei que isso era um sinal, porque eu já tava pra ligar pra ocê faz tempo. Então eu falei assim: eu vou liga pra Júnia é agora! Porque olha só, eu não te conheço! Eu falei pra minha mãe assim ó: mãe, eu preciso de conhecer a Júnia. "Vai meu filho, vai, segue seu coração, você precisa conhecer sim, ela é sua irmã", foi o que minha mãe me falou.

— Olha, Dudu, eu estou trabalhando agora, mas me passa um número de telefone que eu te ligo de novo mais tarde.

— O único número que tem aqui é desse orelhão onde eu estou falando.

— Pode ser. Eu ligo pra você às seis, assim que eu sair da loja, tudo bem?

— Tudo bem. Eu vou esperar aqui então, tá?!

— Tá. Pode esperar que eu ligo.

Na sexta à noite, depois de falar com Eduardo pelo telefone, vou direto da loja para a rodoviária. Minha ideia é chegar em Belo Horizonte de manhãzinha. Chove a noite toda. E quando o ônibus chega, é fácil saber quem é o meu irmão, Dudu, que é só um ano mais novo que eu. Ele está com 15 anos, e é a cara do meu pai. Só que tem uma pureza no olhar que é só dele, isso penso que não foi herdado de ninguém.

Maninha!, ele diz e corre para me abraçar.

O abraço do meu irmão é tão forte quanto o chapéu do seu Rafael. É um toque que acolhe, alimenta, protege. Ficamos assim abraçados e quietos um bocado de tempo.

Minha tia Zitinha, a mãe de criação do Dudu, me recebe de braços abertos e com a mesa posta. Tem pão de queijo, doce de leite, café, bolinho de chuva, banana, café e leite.

Tia Zitinha tem seis filhos biológicos, mais o Dudu, seu sobrinho que ela chama de filho de criação. A casa é humilde, tem umas goteiras, falta luz, mas sobra afeto, carinho, alegria, risadas e histórias. Um pessoal animado e de bem com a vida! É uma gente simples e de coração grande. Dudu é uma semente boa que caiu em terra boa, eu penso comigo ao vê-los tão bem e sorridentes.

Talvez todo esse carinho ajude a explicar porque o Dudu, de todos os meus irmãos, foi o único que conseguiu criar uma família estruturada, afetiva e desenvolver laços estreitos com os próprios filhos. O único que construiu uma vida profissional estável, o único que demonstrou interesse em se aproximar da minha mãe, de mim, dos outros irmãos. O único com quem manterei contato frequente nos próximos 30 anos. Dudu, inclusive, me ofereceria a chance de conhecer minha mãe, quando eu própria já havia me tornado mãe e viria a recusar, então, o convite, mesmo sabendo que ele fazia de bom coração, talvez muito mais por mim, do que por ela.

Conversando com o pai de criação do Dudu, tio Astódio, acabo sabendo de mais histórias sobre meu próprio pai, seu Sérgio.

— Tem pai que é um caso sério, minha fia... Um caso sério! Depois que seu pai veio morar aqui em Belo Horizonte, eu soube como andavam as coisas lá na casa da sua avó. Sua irmã Carminha tinha sumido no mundo. Você tava bem lá no Lar das irmãs. Mas seus irmãos lá, jogados. Então eu fui pra lá, queria trazer os meninos, mas só o Dudu quis vir comigo, e sua vó deixou. Acho que ela entendeu como um alívio. Aí, tempos depois, eu precisei sair de Belo Horizonte, ir até Patos de Minas para registrar o teu irmão Eduardo, sabia não? Ele já tinha quase cinco anos de idade e teu pai e tua mãe ainda não tinham registrado o menino! — Tio Astódio levanta os braços em sinal de exasperação, depois toma um gole de café, e continua — Pra você ter uma ideia, minha fia, quando eu cheguei lá para dizer ao Sérgio que ele tinha que ir comigo ao cartório pra registar o menino, seu pai me disse: "ora homem deixe de bobagem, não soube não? O Eduardo morreu." E eu disse a ele: "deixa de bobagem você. Tá maluco?! Eduardo tá aqui, bem vivo. Ele mora comigo. Quem morreu foi o seu filho Paulinho, o outro, o mais novo.

Ao contrário dos meus tios, e até do meu irmão Dudu, eu não consigo rir daquela história. Mas me divirto muito com tantas outras e com a simpatia que eles me receberam naquele fim de semana.

Na segunda visita que faço para o Dudu, tenho uma surpresa: meu irmão Kilmer vai almoçar conosco na casa da tia Zitinha. Ele estuda na Escola da Aeronáutica, em Belo Horizonte, e nos fins de semana tem permissão para deixar o alojamento. Lembro de ter visto o Kilmer duas vezes antes, quando eu ainda morava com a minha avó em Patos de Minas uma única vez, e outra há cerca de dois anos, na casa da Carminha quando eu ainda trabalhava na Bliss e ele passou por Vila Velha para uma visita rápida.

Tudo corre bem, mais uma vez. Tenho a impressão de que ali, na medida do possível, todos estão bem. Dudu tem uma família, está estudando. Kilmer, do jeito dele, está na Escola da Aeronáutica e parece bem compromissado, apesar de uma austeridade meio militar demais, que imagino, deve ser por conta da escola.

Irmã Cacilda sempre dizia que a gratidão é pra vida o mesmo que a água para a jabuticaba. Preciso agradecer por termos sobrevivido a todas as doidices a que fomos expostos. Ter saúde, trabalho, estudo, estar pouco a pouco reencontrando meus irmãos. Tudo isso me dá uma certa paz. No ônibus, de volta a Vila Velha, prometo a mim mesma que no próximo domingo vou a missa rezar pela Carminha e pelo Fernando, e agradecer pelo Dudu e pelo Kilmer.

CAPÍTULO 14

Kilmer e os descaminhos da fé

Quando eu reencontro a Júnia, eu lembro da Carminha, as duas tem o mesmo jeito de olhar, de cuidar. Lembro da Carminha tomando conta de mim, me limpando, me consolando. Tenho saudades da Carminha.

A tia Eunice também cuidou de mim. Tinha cama, comida, roupa lavada na casa dela. Não posso reclamar de nada não nesse sentido. A única coisa ruim é que tia Eunice tinha um demônio morando dentro dela... Ele tentava minha tia, atormentava, e quando ela não aguentava mais a provocação, pegava o cinto e batia em quem tivesse na frente, no caso, era sempre eu. Batia tanto que chegava a arrancar até sangue. Acho que algumas vezes eu até mereci as surras. Fui um garoto danado demais, levado mesmo, aprontava muito. Mas em outras, acho que na maioria delas, eu não tinha feito nada, e dava a louca na tia Eunice e ela saia batendo. Tenho várias cicatrizes pelo corpo por causa dessas surras.

Um dia acho que minha tia cansou de bater, acho que o braço ficou pesado, ficou vazio, sei lá, porque nesse dia

AS CASAS ONDE NÃO VIVI 149

ela tomou uma caixa inteira de soníferos. Graças a Deus eu vi a tempo! E avisei o marido dela. Ele levou ela pro hospital e fizeram um monte de lavagens nela. Ela ficou em coma uns dias, mas se recuperou. E foi só voltar pra casa, não demorou muito e o demônio apareceu pra cobrar a conta. Só que ao invés dela me bater, ela começou a chorar pelos cantos, chorava de soluçar, a coitada, o dia todo. O nariz escorrendo, os olhos vermelhos. Quando não estava chorando, estava deitada na cama. Não queria fazer mais nada da vida, só chorar e dormir. Eu saia pra rua e deixava ela lá, quieta no canto dela. Ela não queria conversar com ninguém, muito menos comigo. Já não falava nem com o marido. Aí, da segunda vez ela fez direito: tomou o vidro inteiro do sonífero com um litro de cachaça e não acordou nunca mais. Morreu, e acho que só assim ela conseguiu matar também aquele diabo que morava dentro dela.

Depois disso eu passei a frequentar a igreja. Resolvi dedicar meu corpo e alma à Casa de Deus, como minha mãe fazia. Decidi me oferecer como voluntário para todas as obras do Senhor, fazendo o bem, de cidade em cidade, de missão em missão, de lar em lar. Vou ajudar os irmãos igual minha mãe fazia. Vou largar a Escola da Aeronáutica. Não vou acumular patrimônio físico, nem casa, nem móveis, nem roupa, nada. Também não quero ter família, nem namorada, muito menos casar e ter filhos.

Ao longo da vida, vou me lembrar de tudo, das datas e dos lugares, também vou me lembrar dos nomes das pessoas que passei muito tempo sem ver, mas o que posso fazer é orar por todos eles, como orei por minha tia

Eunice, por minha mãezinha querida e pela Carminha e pelos meus outros irmãos. É isso que vou fazer, vou viver apenas para o Senhor, aos outros, vou pedir ao Pai que os perdoe, porque eles não sabem o que fazem.

CAPÍTULO 15

A vida não é uma novela

Agora estou com 16 anos, quase 17, no trabalho e na escola, as minhas colegas só falam da novela das oito: "Meu Bem, Meu Mal". Nos dias em que não tenho aula, até consigo assistir um pouquinho, não gosto muito, mas a música de abertura eu conheço bem e a Joana adora cantar o tempo todo, e eu acho tão fofo minha sobrinha cantando, que sempre que posso assisto a novela com ela. Na hora do intervalo, na escola, quando minhas amigas cansam de falar da novela, começam a falar de namorados e eu me sinto um peixe fora d' água, porque não estou namorando.

Das aulas de português e de história eu gosto muito. Mas a matemática me deixa maluca. E foi por conta disso que uma das minhas colegas de classe me apresentou o Alexandre. O menino mais fera em matemática na escola. Ele começou a me dar dicas de estudo, a me ensinar e me ajudar na matéria. Com isso fomos ficando cada vez mais amigos, até que ele me convidou para sair.

Esse nosso primeiro encontro fora dos estudos, é numa lanchonete na frente do colégio mesmo. Naquele dia a gente só conversou, ele me elogiava e eu elogiava os conhecimentos dele em matemática. Ele até tentou me beijar, mas naquele dia não aconteceu, só na segunda vez em que a gente foi a mesma lanchonete. E daí em diante a gente começou a namorar.

O Alex é bem bonitinho, tem um cabelo castanho e um sorriso franco e bonito. Ele usa uns jeans transados e gosta de usar tênis de marca.

Da terceira vez que saímos, aí já namorando mesmo, fomos a uma outra lanchonete, no centro da cidade. No rádio tocava Fernanda Abreu: "Pode acreditar em mim/ Você me olha / Eu digo sim."

Cada dia que passa eu me sinto mais apaixonada, e então Alex passa a frequentar a minha casa. Descobrimos que temos gostos parecidos, rimos das mesmas coisas, e os laços que nos une vão se estreitando cada vez mais.

Alguns meses depois do início do namoro, marco minha primeira consulta com a ginecologista, conto pra ela que estou namorando e das vontades que sinto. Ela me orienta e começo a tomar pílula.

Alex mora perto da escola, e a casa dele é bem grande. Às vezes não dá nem para saber se estamos lá sozinhos ou não... A cada dia que passa, nos vemos mais e por mais tempo, saímos mais, estudamos mais, cada vez mais juntos... E uma coisa leva a outra...Eu queria dizer que foi um momento especial, que a partir dali eu me senti diferente, que eu me senti amada, me senti uma mulher de verdade, mas não é o caso. O que mudou mais a partir dali foi que eu não me sentia mais tão de fora das conversas, agora eu sei do que as meninas estavam falando, embora eu ainda não goste de acompanhar a novela...

Um dia a Carminha aparece na loja, no meio da manhã, eu estava ocupada atendendo uma cliente e só de vê-la de longe, já percebo que ela está preocupada, ofegante. O Bernardo, que só estava na loja na parte da manhã e no fim do dia, percebendo a situação, a angústia da minha irmã, a convida para conversar. Ele a leva até o escritório no andar de cima, eles conversam por muito tempo, e quando ela desce, parece estar mais calma.

CAPÍTULO 16

Carminha e sua
saga feminina

Ainda me sinto um pouco tonta. Muita coisa na minha cabeça... Mas o tal Bernardo é um homem bom... Minha irmã tem sorte de ter um chefe assim. As coisas que ele me disse... Ninguém nunca me disse ... Nem o Nunes, nem ninguém... É coisa de quem tem muitas ideias na cabeça...O homem olha pra gente de um jeito tão calmo, ele olhou para mim... E falou muita coisa que eu queria ouvir... Depois ele me perguntou: "O que você quer para a sua irmã?" Como assim? Eu não tenho resposta pra isso... Nunca ninguém me perguntou o que eu queria nem pra mim, nem pra minha irmã. Eu não quero nada, só quero que a família fique bem... A família estando bem, eu estou bem... De resto não quero mais nada, nem sei de mais nada... Mas as palavras dele, do Bernardo, fazem a gente pensar... Ele fala de um jeito... Parece que ele duvida das coisas, e parece que ele não tem medo de nada... Parece que ele não tem medo de nada porque ele sabe de tudo... E ele acha que a gente vale a pena, até... Será? Parece que ele vive em outro planeta! O mun-

do dele é tão grande... Fico me sentindo até meio assim, meio atrapalhada, atarantada... Minha cabeça parece até que roda e rodando eu volto para a infância e olho para a Juninha recém-nascida, que bom que é menina como eu, foi o que eu pensei quando ela nasceu... Eu tenho essa idade, mostro minha mão direita com os dedos bem abertos, cinco anos e tenho dois filhos, eu digo, e todo mundo dá risada, mas eu não acho graça nenhuma, porque eu tenho mesmo, sou eu quem cuida do Kilmer e do Fernando enquanto papai trabalha e minha mãe está na igreja ou na casa dos irmãos necessitados da igreja, ou sei lá onde... Papai trabalha e minha mãe está na igreja. E eu acabo de ganhar minha primeira boneca! É o que penso quando olho para a Juninha tão pitica e sozinha no meio da cama. Minha mãe já está ajoelhada atrás da porta fazendo as orações dela. Eu já sei fazer feijão, arroz e ovo frito. Sei ferver leite sem deixar derramar. Já sou "uma mocinha", minha mãe me diz, sempre disse, desde que eu era muito criança ela já dizia que eu era uma mocinha. Quando a Juninha tiver a minha idade, ela também vai ser uma mocinha e vai me ajudar a fazer comida e a olhar os meninos, porque a gente é mocinha, e daí vai ser melhor, vai ficar mais fácil, porque eu tô sempre atarefada, muitos afazeres, e sempre sozinha... Meus irmãos são dois, mas bagunçam como quatro... o Kilmer é o pior, o menino não para quieto um minuto, cruz credo! Eu aproveito quando ele tá dormindo para colocar comida no fogo, porque se ele tá acordado, eu não consigo, ele me distrai porque ele está sempre aprontando alguma coisa, e eu acabo queimando tudo...E às vezes, até me quei-

mando na panela... Papai chega em casa e sente aquele cheiro de queimado e me xinga, e desconta na minha mãe que só pensa em rezar, e ela xinga ele, e me xinga também e eu não quero ver os dois brigando por minha causa, não quero não... Minha mãe grita muito alto quando ela briga, e papai também, e quando ele fica muito nervoso ele chega a dar uns tapas nela, e ela começa a rezar mais alto dizendo que ele tá com o diabo no corpo, tudo vai revirando dentro de mim, cria um troço ruim, e então eu fecho a porta do quarto, e coloco todos os meus irmãos pra dentro e começo a cantar "Sou caipira, pira, porá, Nossa Senhora de Aparecida..." que é a música que eu mais gosto e que sei cantar inteirinha... Eu também sei lavar roupa, lavo o véu cinza da mamãe e penduro para secar no sol, acho tão bonito, parece o da Nossa Senhora, mas ela não gosta que eu fale isso, porque ela diz que a gente tem que adorar só Jesus e Deus, mais ninguém... Mas o véu é bonito, e quando eu penduro ele para secar no vento, ele flutua lá no alto, como se tivesse dançando, como se fosse a barriga de uma mulher grávida e depois desce, descansa, fica quietinho estirado no varal. Às vezes eu queria ser aquele véu pra poder voar dali com o vento, e depois ficar esticada sem fazer nada...Mas eu não posso, porque tenho que cuidar dos meus irmãos. E aí eu começo a ir para a escola, sou mais velha que os outros, tenho quase nove anos, não tinha jeito de ir antes, porque era muita criançada que eu tinha que cuidar, quatro irmãos e, o menor, o Eduardo ainda é muito bebê e a mamãe tá grávida outra vez. Mas eu estou aprendendo a escrever e a fazer contas, e daqui pra frente ninguém vai me passar para trás nas compras do mercado, porque sou eu que faço as compras no mercado, e o papai diz que no mercado eles me enrolam porque eu não sei fazer conta... Agora eu estou grudada na parede, aquele troço ruim que nasce dentro de mim quando meus pais brigam, parece que tomou fermento e cresceu dentro de mim, ficou enorme, eu mal consigo me mexer, eu não respiro e meu irmão, o Paulinho, que acabou de nascer também não respira. Ele tá roxinho, molinho... Papai diz que o Paulinho tá morto, e eu acho que minha mãe vai morrer também... As toalhas da parteira estão ensopadas de sangue, eu nunca vi tanto sangue na vida... Eu não posso chorar, eu não posso chorar, eu já sou grande, eu sou mocinha, e eu tenho que cuidar dos meus irmãos, eu tenho quase dez anos... Eu não posso chorar! Não posso chorar quando eu tenho fome, nem quando eu vejo meus irmãos chorando de fome. Eu procuro no fundo dos armários por um biscoito esquecido... Um pedaço de pão velho... Qualquer coisa...Mas o que eu mais encontro nos armários são baratas. Até rato eu já encontrei. Mas eu não disse nada pra ninguém. Porque se meus irmãos vissem eles podiam ficar com medo... E aí papai ia ficar bravo comigo, e minha mãe mais triste ainda... E se ela soubesse que tinha rato em casa, talvez ela resolvesse morar na igreja de vez... E eu tenho medo disso... E aí papai quis que a gente fosse pra rua pedir comida... Pedir esmola... E eu fiquei com a maior vergonha da minha vida, mas meus irmãos precisavam comer... Tinha que engolir a vergonha, porque a gente não tinha nada pra comer... A vontade que eu tinha era de sumir, tinha dias que a minha vontade era nem ter nascido... E isso eu pensava quase todo dia... Teve um dia que uma mulher deu um pote de comida quentinho, lembro até hoje... Arroz, feijão e macarrão, tudo misturado e eu pego com a mão e engulo, e depois eu estico a mão cheia de comida para os meninos e eles comem também, na minha mão, e eu vejo eles comendo com tanta vontade que eu deixo a comida toda pra eles, e sinto uma chicotada no meio da minha barriga, é um chicote fino, ponta de metal, a dor é tão forte que chega até as costas, mas eu sei que é dor de barriga vazia, porque eu estava muito tempo sem comer, quase três dias... Mas os meus irmãos deixam um resto no pote que a mulher deu e então eu como, eu passo o dedo no fundo e chupo meu dedo, e nessa noite, eu até consigo dormir direito, e meus irmãos também dormem direito... Mas a gente acorda com a gritaria, papai quer tirar o Paulinho dos braços da minha mãe. Ele diz que o menino tá morto, mas ela acha que o pai tá com o demônio e quer matar meu irmão... Então ela agarra forte o bebê e sai correndo para rua com ele nos braços, e ela sumiu, acho que foi morar na igreja... E eu vou pro quintal para olhar o véu da minha mãe balançando ao vento, mas o varal está vazio... E depois desse dia, eu nunca mais vi minha mãe... Nunca mais... E no dia seguinte minha avó chegou e levou eu junto com meus irmãos para Patos de Minas... A gente foi de ônibus. Papai foi trabalhar em Belo Horizonte, e eu fiquei anos sem ver meu pai... E os meus irmãos foram se separando de mim, sem eu saber para onde ia cada um deles... Eles foram todos espalhados... E eu rezava para que eles estivessem bem, porque se eles estivessem bem eu também estava bem... Um dia eu tinha uma casa, um pai, uma mãe, irmãos...E aí ficou eu e a Júnia só, e me disseram que a gente ia pra Casa das Meninas, que lá iam tomar conta da gente... Mas não era verdade... Lá eu que tinha que tomar conta da Juninha, porque ninguém tomava conta da gente coisa nenhuma... E aí a gente saiu de lá, e ninguém viu porque ninguém ligava pra gente lá... E aí a gente voltou pra casa da vovó, mas ninguém queria a gente lá também... E eu ia pra todo o lado, eu ia pra onde me mandassem... Eu estava machucada... Parecia até que eu tinha culpa da minha família ter se despedaçado... Se eu tivesse cuidado melhor dos meninos, se eu não tivesse deixado o feijão queimar, se o véu tivesse ficado mais limpinho cada vez que eu lavava... Se eu tivesse conseguido tirar todos os piolhos que grudavam no cabelo do Eduardo... Eu era grande, mamãe sempre dizia, eu que devia cuidar de todos, eu era uma mocinha... Olhar... Vigiar... Mas eu não consegui, e tudo desmoronou porque eu não fiz as coisas direito... E então levaram a gente pra outro lugar... E eu precisava cuidar da Juninha, porque ela foi a única que sobrou comigo... Mas aquele lugar também era esquisito, frio... Assombroso... Mas se eu vou ficar com a Júnia, tudo bem, eu fico em qualquer lugar... Mas aí as Irmãs dizem que não tem lugar pra menina da minha idade, porque eu já sou grande, sou uma moçona, e por isso eu não posso ficar lá, só a Juninha, porque ela é pequenininha... E eu fico parada que nem pedra, minha boca fica aberta e por ela entra uma cascavel, o nome dela é Zozo, ela se aninha dentro de mim, e vai crescendo na minha

160 JÚNIA ARAÚJO

barriga, como se fosse lombriga, o bicho é esfomeado e devora toda a minha vontade... E eu preciso matar o verme... Antes que me mandem embora dali, antes que me separem da minha irmã, a única que me sobrou... Quando eu vou ver meus irmãos de novo? Será que minha mãe nunca mais vai voltar? Onde está meu pai? E aí eu volto para a casa da minha avó, e só a Júnia fica no Lar... Porque não tem lugar pra mim no Lar, eu não posso ter um Lar... Porque eu não fiz as coisas direito.... E na casa da minha avó tem os dois tios que bebem o tempo todo, o tio Gregório e o tio Clayton. Eu limpo a casa... Eu tento limpar, mas eles sujam o tempo todo... A melhor coisa ali é que eu aprendo a tocar violão com a minha avó... E tudo que eu faço é limpar a casa e tocar violão, mas eu não vou para escola... Até que minha avó diz que abriu uma vaga pra mim no Lar, e que eu vou poder ficar junto com a minha irmã Júnia. E eu comemoro, comemoro porque é uma boa notícia, sair da casa da minha avó e ficar com a minha irmã... Desde que perdi minha família, nunca comemorei mais nada. Não sei se ir para o Lar é uma coisa tão boa como a minha avó diz, mas com certeza é melhor que a casa dela... Eu não sei como minha avó consegue morar ali... E eu vou, e parece que vai ser tudo bem... Tenho minha irmã comigo e ela vem dormir embaixo da minha cama todas as noites, e eu estendo a mão pra ela, eu sonho que somos uma família de novo, que temos um pai, uma mãe que fica em casa e faz tudo pra gente, e nossos irmãos estão com a gente, brincando. Até que alguém me diz que a dona Raquel quer que eu vá morar com ela! Diz que eu vou poder ir para a escola, que vou ter uma família de verdade... As Irmãs me dizem... E eu pergunto por que a Júnia não pode ir comigo, mas isso ninguém responde... E a casa da dona Raquel tem dois andares, quatro quartos na parte de cima com banheiro junto e tudo, suíte, ela me explica... Coisa mais linda do mundo a casa da dona Raquel... A casa mais bonita que eu já vi... Embaixo tem três salas bem grandes, uma de comer, uma de ficar e uma só pra ver televisão. Uma televisão grande e colorida... Mas o meu quarto fica embaixo, bem perto da cozinha... Eu acho bom... Tudo parece fácil... Eu só tinha que fazer as coisas que eu já fazia para os meus irmãos, com a diferença que na casa da dona Raquel tinha de tudo, não faltava nada... Meu quarto perto da cozinha facilitava muito, porque logo cedo de manhã, eu tinha que acordar antes de todo mundo pra fazer o café da manhã pra todo mundo... E em pouco tempo eu já sabia das coisas, do que cada um gostava de comer, de como gostavam do café, com leite, sem leite, chá... Meu quarto perto da cozinha também era bom à noite, pra eu ir direto pra cama quando eu acabava de lavar a louça do jantar... E de madrugada, se alguém fosse na cozinha pra comer alguma coisa, era só bater na porta do meu quarto que eu acordava e ia lá fazer o que me pedissem... Era isso que eu fazia lá: lavava, passava, cozinhava, lavava louça, limpava a casa... Tudo que eu já fazia em casa, só que lá tinha de tudo, não faltava nada... A dona Raquel falava que é muito bom ter uma filha de criação porque o casal de gêmeos, que é da minha idade nem liga mais para ela. Ela diz que gosta de mim porque sou caseira e lhe faço companhia... dona Raquel adora novela... Enquanto ela assiste os programas dela, eu aproveito para limpar a casa, lavar a roupa, catar o cocô dos cachorros, lavar o quintal, regar o jardim, dar comida para os cachorros... E é a primeira vez que eu tenho roupas novas, que ela me dá... Tenho sapatos novos, que ela me dá... E posso comer o que eu quiser depois que a família dela come... E posso repetir... Porque na casa da dona Raquel tem de tudo, do bom e do melhor... A filha da dona Raquel se chama Luiza, ela é loirinha e educada, me trata com respeito, mas ela não consegue decorar meu nome de jeito nenhum... Ela me chama de Clarinha, mas eu não ligo... No início eu até tento corrigir, mas depois eu desisto. Não tem importância, Clarinha é um nome como qualquer outro e até parece mesmo com Carminha... Nas férias a família vai para a casa de praia em Cabo Frio, eu vou junto, eu arrumo a mala de todo mundo para a viagem e desarrumo e guardo tudo nos armários quando chegamos na praia. Na casa de praia eu só tenho que fazer as mesmas coisas que eu já faço na casa da dona Raquel... Cuidar da casa, fazer a comida, tudo normal, tudo coisa que eu já sei fazer... E no fim do dia eu posso ir caminhar na areia, sentir o vento no rosto e lembro do vento balançando o véu da minha mãe no varal... A dona Raquel até me incentiva a ir andar na praia depois que eles voltam, almoçam a comida que eu fiz e eu termino de lavar a louça, enquanto eles assistem filme, e eu só tenho que voltar a tempo de fazer o jantar... E quando a gente voltou da praia, da última vez, eles foram viajar de novo, mas dessa vez eu não fui com eles porque eles foram para outro país... E eu fico *sozinha naquela casa enorme, subo e desço as escadas olhando todos os quartos que eu conheço bem demais de tanto aspirar, espanar, lustrar e eu entro no quarto da Luiza e me olho no espelho, e vejo que eu não me pareço nenhum pouco com essa família, porque eu sou a cara da minha mãe, pequena, morena, cabelos longos e ondulados, pretos, muitos pretos, mas eu não uso véu, e eu não rezo tanto igual minha mãe... E o que eu faço? Nada, porque eu tenho que cuidar da família, e é isso que eu faço...* Mas quando eles estão viajando eu percebo que as coisas estão acabando e a dona Raquel não deixou dinheiro, mas não tem problema, porque na casa da dona Raquel tem de tudo, não falta nada... Mas quando ela não está lá pra me dizer o que fazer e o que eu posso comer eu fico perdida... Eu fico com medo... Fico com medo de tudo... Fico com medo de ficar sozinha lá... Fico com medo deles não voltarem... Fico com medo dela brigar comigo por eu ter feito alguma coisa... Fico com medo dela me colocar pra fora quando ela voltar... E a cobra volta a se aninhar dentro de mim... Ouço o seu chocalho, Zozo rasteja, espreita, se enrosca em mim... Tira meu ar... Então eu abro o armário de remédios da dona Raquel e encontro um frasco com remédios para dormir, viro o frasco inteiro na minha boca... E aí eu e a cascavel travamos uma luta de vida e morte... Que dura os próximos três anos... Porque não sei como, depois de tomar o frasco de remédio eu acordo no hospital, e depois a dona Raquel quer me levar de volta pra casa dela, mas eu não quero mais ficar na casa dela... Então eu vou para todo o lado, eu vou para onde me mandam, porque* *eu mal consigo respirar... E aí minha avó Nina encontra uma saída... É sempre ela que encontra uma saída, e aí vou morar em Belo Horizonte, na casa da amiga de uma amiga dela, que é viúva, e tem três filhas mais ou menos da minha idade... E essa amiga da minha avó até me arruma um trabalho em Belo Horizonte, cada dia limpando a casa de uma pessoa diferente... Mas nesse período eu entro e saio de internações, sou lavada, entubada, sedada, reabilitada várias vezes... E numa dessas internações papai me visita, acho que é uma visita, porque desde que eu cheguei a Belo Horizonte eu ainda não tinha encontrado com ele, e isso era tudo o que eu mais queria quando fui pra lá... E ele pega as minhas mãos, ele não é de falar, eu também não, mas ao lado dele meus pulmões se enchem de ar e eu consigo respirar melhor... Minhas ideias ficam claras de novo e me dá vontade de viver de novo... De tentar mais uma vez... E então eu resolvo que vou me cuidar, que não vou mais tomar remédios nenhum pra dormir, que vou trabalhar... A casa da amiga da minha avó é pequena, mas acolhedora pra mim naquele momento, ninguém me julga, porque todo mundo é igual naquela casa, todo mundo ali já perdeu alguma coisa importante, todo mundo ali precisa trabalhar, todo mundo ali precisa encontrar o oxigênio cada vez que puxa o ar para dentro... E todo mundo se ajuda, e briga também, mas as brigas passam rápido, e logo todo mundo fica de bem... Não tem gritaria, xingamentos, socos e tapas... É só palavras mesmos, mas logo a mãe dá um jeito em tudo e todo mundo fica de bem... E eu passo a trabalhar com elas, com as irmãs numa fábrica de bolsas. Aprendo a* costurar o couro, e acho bom, acho até mais fácil que limpar uma casa inteira... Então eu estou concentrada costurando o couro, e aí um homem grande e moreno se aproxima. Eu reparo que ele tem os dentes da frente separados, tem cabelo crespo, olhos negros, sorriso largo de dentes separados, e suas mãos são enormes, e as mãos dele seguram o couro com intimidade e destreza... E ele me ensina um jeito mais fácil de costurar o couro... Ele sabe trabalhar o material, o corte dele é preciso, confiável, forte, sem aparas... Ele sabe tudo do trabalho. O nome dele é Nunes... E quando eu conheço ele eu me sinto protegida, e perto dele Zozo vira uma minhoca retraída e não me falta mais ar... Porque o Nunes está sempre presente, sempre disponível, todo dia ele me dá atenção, e pouco a pouco ele vai conquistando minha confiança, e depois meu coração. E um dia ele se oferece para me acompanhar até minha casa. Alguns meses depois, ele me pede em casamento. Ele não sabe, mas ao fazer isso, ele está realizando o meu sonho, porque ele não só me pede em casamento, mas diz que quer construir uma família comigo. E eu prometo a ele que na nossa casa vamos ter uma família de verdade, que não vai ter briga, nem comida queimada, nem criança abandonada e que não vai faltar nada. Vai ter sempre uma mãe na nossa casa, que não vai sair pra nada. E tudo dá tão certo que logo em seguida surge uma oportunidade para o Nunes trabalhar em uma sapataria em Vila Velha, e nós nos mudamos pra Vila Velha e um ano depois, em abril de 1988, nasce a Joana. O Nunes é um homem bom, trabalhador, não fuma, não bebe, não joga. Acorda todo dia antes das seis da manhã e antes das oito já abriu a sapataria. Trabalha de segunda à sábado até de noite, vem de bicicleta na hora do almoço para casa, comemos juntos, na mesa, como uma família de verdade. Ele conta das coisas no trabalho. Eu escuto, pergunto coisas. E ele fica feliz, e então eu fico feliz também. E quando o Nunes volta à noite do trabalho, a casa está sempre limpinha, a mesa está posta, a Joana de banho tomado, a cama arrumada, a toalha e a roupa dele de dormir no banheiro, tudo bem arrumadinho. Tudo na nossa casa funciona como deve funcionar a casa de uma família feliz. Parece um quadro que eu mesma pintei, mas também parece que eu deixei alguma coisa de fora nesse quadro, e eu não sei o que é... Não dá pra explicar direito, mas apesar de toda perfeição, sempre parece que falta alguma coisa... Mas mesmo assim tá tudo bem... E então, vó Nina telefona, e diz que não dá mais para a Juninha morar com ela. E eu digo que sim. Convenço meu marido, digo a ele que Júnia não vai dar trabalho. Ele pensa uns dias. Eu insisto. Peço pra ele. E ele concorda. E quando a Júnia chega, eu a vejo com o dedo quebrado. O braço engessado. E fico sabendo como tudo se deu. E Zozo, depois de muito tempo, volta a se remexer dentro de mim... Porque eu acho que de alguma forma, eu ajudei a quebrar o dedo da minha irmã, quando saí do Lar Santa Terezinha e deixei ela lá sozinha, sendo jogada de um canto pro outro... Sou culpada por não ter trazido a Juninha para morar comigo desde o começo, desde o dia em que eu e o Nunes resolvemos ter uma casa nossa e constituir família, porque a Júnia é a minha família também. E então decido que da-

AS CASAS ONDE NÃO VIVI   167

qui em diante vou ficar mais atenta, mais presente, e que continuarei sempre em casa, para que a minha irmã sinta que tem alguém lhe esperando, alguém que se preocupa com ela, que ela tenha para onde voltar, tenha um lar. E aí, resolvo que papai também precisa morar perto da gente. "Papai vem morar perto de mim! Papai perto de mim!", falo baixinho para não quebrar o encanto, mas repito milhares de vezes para lembrar que é verdade, que aos poucos vou conseguir juntar minha família outra vez... E logo que papai chega, para morar na nossa rua, eu preparo um almoço especial. O frango é enorme e mal cabe na assadeira, faço farofa também, e arroz. Tá tudo na mesa, sem queimar nada. Acho que faz uns dez anos que espero por ele com uma comida assim, na mesa. Coloco roupa de domingo na Joana. Depois do almoço, papai canta comigo enquanto eu toco violão, ele tem uma voz baixa e aveludada. Nos poucos meses em que papai é nosso vizinho, Zozo perde totalmente o viço e o chocalho, torna-se uma serpente inofensiva e anônima, perdida pela cidade, meu cabelo cresce, meus olhos brilham, ganho peso, curvas arredondadas como as do meu violão, durmo melhor durante a noite e sonho só durante o dia, sempre o mesmo sonho, o de poder juntar minha família inteira de novo, e sinto desejo de voltar a estudar, de aprender a tocar piano, bordar, arranjar um trabalho, ganhar dinheiro, viajar...Sei lá.. Fico tão contente... Faço tudo que o meu pai quer, faço tudo que ele pede. Mas quando ele resolve ir embora de novo, não sei mais o que fazer... Quando não ouço mais a voz do meu pai, o som do violão deixa de ser aveludado, colorido, e se torna metálico, tem gosto de ferrugem. E eu nem tenho mais vontade de tocar nem de cantar. O instrumento torna-se uma caixa oca e sem propósito. Olho para o violão, para as paredes, para as panelas, para a minha vida, e tá tudo parado, quieto, mudo, então redobro a faxina, lustro mais forte, varro com mais violência, lavo com sofreguidão, para tudo ficar bem limpo, para a casa ficar boa, bem forte, bem casa... E quando a Júnia chega em casa, eu aconselho a minha irmã porque sei como é o mundo, o povo julga a gente, e eu preciso proteger a Juninha, porque ela é esperta, é trabalhadora, sabe fazer amigos, mas tudo isso também pode ser muito perigoso e eu preciso proteger ela. Ela até ganhou uma festa de aniversário. Mas eu digo a ela pra não comentar nada sobre a nossa família, porque as pessoas julgam. E o Nunes sai para trabalhar, e a Júnia sai para trabalhar, e parece que a Joana fica 18 horas na escola, e parece que a semana tem 112 dias... E eu estendo um vestidinho da minha filha, e o vento leva ele pra cima e então eu penso no véu da minha mãe, e olho para os meus pés sujos de terra e recordo o quintal da minha casa da infância... E olho para as minhas mãos, e recordo as mãos que minha mãe usava para rezar, e as mãos que papai usava para me pegar no colo, a mesma que ele usava para ajustar a máquina da gráfica, e depois para dar tapas na minha mãe... E nesse dia eu me atraso para buscar minha filha na escola, e é nesse dia também que a Júnia me convida para ir ao cinema. Desde que eu comecei a namorar o Nunes que eu não entrava num cinema... E o filme é do Carlito, e o Chaplin me dá a mão, e eu fico lá, por algumas horas, e *quando volto pra casa me sinto leve, de bem com a vida, e até retomo a conversa com o meu violão que foi interrompida quando papai decidiu ir embora... E aí tem o Fernando, uma nova chance de reunir de novo parte da família... A ideia de trazer o Fernando é da Júnia, menina esperta. O Fernando, vem, passa tempos sem nos visitar, mas quando ele vem a gente canta juntos "Bamba, la bamba", que ele gosta de cantar, e eu acompanho ele no violão, e a Joana dança na sala, e a Júnia rindo muito e cantando também, e eu vejo minha irmã e minha filha tão felizes que parece até que eu vou explodir de tanta felicidade, e isso é um outro quadro que eu pintei para a minha vida. Um quadro feliz. Mas aí, de repente o Fernando some de novo... E eu volto a minha vida normal, e tenho medo de Zozo voltar... Então eu limpo a casa, mais e mais, lavo o chão com água sanitária porque é mais barato do que lavar com sabão, mas tem que ter cuidado porque mancha a roupa, desbota tudo, fica horrível, e machuca as mãos e corta os pés, que chega a ficar em carne viva... Mas eu limpo a casa toda, enquanto fico de olho na televisão que a Joana está assistindo porque toda hora aparece a propaganda de um brinquedo novo que ela vai querer, e porque à tarde, todos os dias, passa uns programas que mostram famílias desestruturadas brigando na frente das câmeras, ou pessoas procurando parentes que eles não veem há anos, e eu não quero que minha filha veja que existem famílias assim no mundo, então eu digo que preciso limpar a tela da tevê, e o móvel onde está a tevê, preciso lustrar, e depois eu vou arrumar os armários, as gavetas... E aí eu vou arrumar a gaveta da Júnia*

e então vejo a caixa branca com listras rosas. A princípio
eu fico com medo dela estar tomando algum sonífero ou
qualquer remédio que possa matá-la, mas aí eu percebo
que conheço aquele remédio e penso que pode ser até
pior que remédio para dormir... Mas não pode ser...
Não... Não... A Júnia é uma menina, é uma criança que
eu tenho que cuidar... Será que a Juninha? Será que a Juninha ficou louca? Meu Deus do Céu! Meu Pai Amado!
É isso mesmo, eu leio a caixa e confirmo o que eu descon-
fiava... É uma caixa de anticoncepcional. E aí eu fico
desesperada, e penso que é hoje que eu mato a minha
irmã, Mato não, mas que ela vai ouvir, isso ela vai, onde
já se viu? Ela é só uma menina e está sob a minha responsabilidade, na minha casa... Não é isso que eu quero para
a minha irmã... E aí eu fico cega e saio de casa, saio de
casa correndo e até esqueço de pegar minha bolsa. Mas
quando eu chego lá, pra brigar com a minha irmã, o tal
do Bernardo é quem vem falar comigo, e acho que foi
melhor assim...

CAPÍTULO 17

Um desassossego sem nome

Quando chego em casa do trabalho, abro a porta com cuidado. Bernardo me falou da conversa com Carminha no escritório. Eu espero uma tormenta, um tufão, um terremoto, porque sei que a Carminha está muito furiosa comigo. Mas, para o meu espanto encontro a minha irmã dedilhando o violão, tocando uma canção que ela mesma compôs.

— Juninha, senta aqui que eu quero conversar com você.

Então ela me dá um monte de conselhos. Depois diz para eu me lembrar que a gente é uma família, que a gente tem quem se preocupar com a gente. Que a gente não tem família como deve ser, mas que a gente é a nossa família e que a gente tem que cuidar uma da outra. E que eu preciso saber com quem eu estou me envolvendo. Ela diz tudo isso me olhando nos olhos, tentando parecer mais calma do que realmente está. E por fim, acrescenta:

— Promete pra mim que você sempre vai se cuidar! Porque o perigo não é só engravidar. Tem outros problemas, doenças, outras coisas. Não cuida de ninguém antes de cuidar de você, tá bom? Entendeu?

Eu abraço minha irmã e fico assim, abraçadinha com ela, e naquela hora o tempo recua e me vejo de novo embaixo da cama da Carminha, de mãos dadas, me sentindo protegida, acolhida e segura.

Três semanas depois desse episódio é Dia dos Pais. Tento imaginar por onde anda meu pai, e como ele está. O que será da vida dele? Será que ele pensa em mim...Na Carminha, nos meninos? Ao menos de vez em quando? E aí me lembro do tio Astódio, e da história do meu pai confundir o filho que morreu com o que estava vivo. Então escolho uma camisa social branca, em algodão fio 80, uma camisa cara. Compro também um cartão, escrevo uma mensagem e entrego ao Bernardo, o meu chefe.

— Bernardo, comprei esse presente pra você. Queria te agradecer, porque você foi um pai para mim. Me deu o melhor emprego que eu podia ter, e ainda falou com a minha irmã sobre aqueles assuntos, a deixou mais tranquila. Obrigada por tudo.

Bernardo tosse seco, ajusta o próprio cinto que já está ajustado, olha para os lados, coloca o cabelo para trás, percebo que ele está totalmente sem jeito, mas ele agradece olhando para o chão, não para mim. Percebo que ele ficou emocionado. E eu também fico. Anos mais tarde, eu ainda me lembrarei exatamente dessa cena, mas aí, vou pensar se minha atitude teria sido carência, eu aos 16 anos em busca de uma figura paterna como referência. Mas chegarei a conclusão de que ainda que possa ter um pouco disso, minha atitude se deu mesmo muito mais como agradecimento realmente.

Quando eu completo 17 anos, Carminha e Nunes me presenteiam com o LP da Fernanda Abreu, meu primeiro vinil. Que eu vou colocar junto dos deles, na sala, do lado da vitrola, e que vou ouvir até gastar!

Fora o meu namoro que estava ficando cada vez mais frio e termina, sem nenhum problema ou dificuldade, a vida segue normal neste ano. No trabalho, tudo muito bem. Na escola também, e não fosse pelo ano que repeti quando morei na casa da tia Cidinha e pelo outro que eu passei sem estudar quando morei na casa da minha avó, eu já estaria terminando a escola. Mas tudo bem. Em casa as coisas também funcionavam bem, com a Carminha tranquila e a Joana cada dia mais crescida. Como dormimos no mesmo quarto, às vezes ela me espera chegar da escola para conversar sobre coisas que aconteceram com ela durante o dia.

No meu aniversário de 18 anos, chego na loja e encontro um enorme buquê de rosas vermelhas me esperando. É um maço lindo, rosas com cabo longo, os botões bem fechados, enrolados em celofane transparente com um laço de fita bem longo também vermelho. Será que o Alex está pensando em reatar? É meu primeiro pensamento. Mas no minuto seguinte vejo o cartão, e reconheço a letra redonda da Carminha. Talvez ela não saiba, mas é a primeira vez que eu recebo flores de alguém. E fico muito feliz. Tenho a impressão de que fico ainda mais feliz sabendo que as flores vieram dela e não do Alex, como eu havia imaginado. Eu fico muito comovida. Fico pensando quanto tempo a Carminha precisou economizar para me comprar um presente como aquele, e naquele momento, jamais conseguiria sonhar com o significado que essas flores adquiririam duas semanas mais tarde.

Na segunda-feira, dia 14 de setembro, Vila Velha é atingida por uma forte onda de calor. Estou trabalhando na loja e sinto o suor escorrer pelas minhas costas. Não posso ir para escola naquele estado, de jeito nenhum. Decido passar em casa para tomar uma chuveirada. A Carminha vem abrir o portão com as mãos sobre os olhos para se proteger da claridade. Pergunto se está tudo bem e ela diz que está com um dor de cabeça insuportável. Imaginamos que deve ser o calor fora de hora.

Vou para escola e, do nada, sinto um nó na garganta, um aperto no peito, uma aflição, um desassossego sem nome. Minha vista chega a escurecer. Saio da sala no intervalo e vou para a lanchonete tomar uma água. Mas uma vez imagino que aquele calor terrível deve estar causando mal-estar em muita gente.

— Você tá bem Júnia?, pergunta o Mauro, que mora perto da minha casa e que muitas vezes me dá carona de bicicleta na hora da volta.

— Eu preciso muito voltar para casa. Tô sentindo uma coisa estranha, pesada, não sei de onde vem isso, eu preciso muito voltar para minha casa.

No caminho para casa, eu choro sem parar. Um choro esquisito, forte, que nasce lá dentro do peito num lugar muito escondido, um lugar escuro. Ele brota com a força de um vulcão, chacoalha todo o meu corpo como se fosse uma convulsão, um engasgo, um solavanco.

Quando chego em casa, o Nunes abre o portão para mim e diz que Carminha não está se sentindo bem. Que está passando muito mal e que ele quer levá-la ao hospital, mas que ela não quer ir.

Eu corro para o quarto da Carminha. Minha irmã está deitada na cama. O corpo está largado, relaxado, mas os músculos do rosto estão contraídos, o pescoço rígido. Ela parece menor do que é, parece uma criança. Com as mãos ela faz massagem nas próprias têmporas. Quando eu me aproximo, ela ergue os dois braços em minha direção, como se pedisse colo e diz com a voz bem baixinha:

Juninha, minha cabeça vai explodir.

Eu fico ali com ela. Seguro na sua mão e então ela pega no sono com a cabeça apoiada em uma pilha de travesseiros.

No dia seguinte, ela acorda e está com uma cor diferente, está muito pálida, diz que sente muito frio. Ela está com febre. Muita febre. Aviso Nunes e nós a levamos imediatamente para o hospital. Na Emergência, a fila é imensa, mas assim que ela passa pela triagem, o médico resolve passá-la na frente. O médico diz que ela será levada para fazer alguns exames. Depois de algumas horas ele volta e diz que os exames que fizeram deram resultado normais. Porém, ela continua com febre a agora tem náuseas e dores muito fortes na cabeça e na barriga, por isso ficará em observação e será medicada.

Depois de mais algumas horas de espera, o médico volta e diz que minha irmã terá que ser transferida para o Hospital das Clínicas, em Vitória. E sem maiores explicações, ele diz que precisa correr. E por mais que a gente insista, ele não nos deixa ver a minha irmã. Diz que ela está na UTI e que não podemos entrar. Rapidamente uma ambulância chega para levar minha irmã para Vitória. E nessa hora a gente vê ela na maca, desacordada, com o rosto coberto de manchas vermelhas. Os braços e as pernas também estão com manchas ainda maiores, que parecem pequenos botões de flores. Ela está ardendo em febre, e defeca na roupa, inconsciente. Na ambulância, nos quinze ou vinte minutos de Vila Velha à Vitória, ela começa a delirar, aponta o dedo para a boca aberta e me manda entrar... Diz: "Entra Juninha, pode entrar... Pode entrar porque este corpo aqui não me pertence mais, agora ele pertence a Zozo, tá ouvindo o chocalho?", Ela diz isso e começa a babar pelo canto da boca. Minha irmã está inchada, cheia de manchas vermelhas por todo o corpo. Eu choro desesperada e Nunes não sabe o que fazer. Minha irmã é internada no Hospital das Clínicas em Vitória e nós passamos a noite toda lá, esperando notícias.

De manhã, o médico vem avisar que ela continua recebendo medicamentos e não se sabe ainda o que ela tem. Mas que vão fazer novos exames. Eu acordo Joana, que dorme numa fileira de bancos na sala de espera, deixo Nunes no hospital a e vou para o trabalho, levando a Joana comigo.

Levo a Joana para loja comigo, ela fica brincando debaixo do balcão, enquanto eu atendo os clientes. Aviso Bernardo de todo o ocorrido e ele me diz que se eu precisar ficar fora no dia seguinte, é só ligar para avisá-lo. Naquela noite não consigo ir para a escola. Fico em casa com Joana tentando distraí-la, tentando nos distrair.

No dia seguinte, deixo a Joana com uma vizinha, e pego carona com um médico que trabalha no Hospital das Clínicas e é parente de uma das minhas colegas do trabalho. Quando chegamos, depois de ter contado pra ele todo o ocorrido durante o percurso de Vila Velha até Vitória, ele entra no hospital e diz que vai tentar me dar notícias da minha irmã.

Quando ele retorna, parece transtornado, está suado, o jaleco aberto, a voz rouca. Ele me oferece um remédio. Eu digo que não preciso de remédio, que quem está doente é a minha irmã e não eu. Perco a paciência com ele. Então ele diz que só vai me deixar entrar no hospital e saber da minha irmã se eu tomar o remédio. "É um calmante, vai te fazer bem!", ele diz. Eu tomo o remédio, enquanto ele engole aos poucos um copo de água, o que me irrita profundamente. E quanto ele termina, vai até o cesto de lixo, joga o copo fora e diz:

— Eu sinto muito, Júnia... Mas sua irmã faleceu esta manhã. Meningite meningocócica.

CAPÍTULO 18

Viver é um desassossego

Morta? Minha irmã morta? Dentro deste mundo surge outro mundo, o lugar onde brotaram minhas lágrimas há dois dias, sem parar. Eu vejo o rio, vejo o barqueiro. Caronte. Esse era o nome dele, aprendi na escola, rumo à outra margem do rio. Por que agora? Volta aqui! Não tá na hora! Eu grito para o remador.

— Júnia, tem certeza de que você quer entrar no quarto? Pergunta o médico me trazendo de volta à vida.

Eu insisto, mas não consigo entrar. Quando chego na porta, vejo as paredes todas vermelhas, cobertas de jatos de sangue espirrados pela minha irmã. Uma enfermeira me conta que como ato de desespero final, Carminha, arrancou violentamente todos os acessos dos braços que levavam soro e medicamentos. A mutilação externa de um corpo internamente dilacerado, desde sempre.

Meus olhos estão vermelhos, eu sei que estão vermelhos. Uma pessoa que dá muito trabalho, que é a pedra no sapato de todo mundo, quem é que quer ficar com ela? Horrível mesmo é não ter mãe, não ter pai, nem casa para morar, mas isso eu não gosto nem de pensar, porque sinto medo. Medo do abandono e da solidão. E me sinto ainda mais infeliz por pensar essas coisas neste momento em que minha irmã acaba de deixar a vida. Mas inevitável pensar o que vai ser de mim agora? E por um momento parece que eu tenho cinco anos de idade novamente.

Por algum tempo eu fico na dúvida sobre qual de nós duas está viva e qual de nós realmente partiu... Penso que existe um cordão que me liga à minha irmã, um fio de luz que começa a brilhar antes de eu nascer e resiste, persiste aceso depois da morte dela. O cordão segue vivo, cintilando, não importa em qual margem do rio a gente esteja.

Na quarta-feira, dia 16 de setembro de 1992, eu escolho minha roupa mais bonita que é também a favorita da Carminha: um terninho amarelo, calça e blazer. Nunes veste a Carminha com carinho, como se fosse levá-la de volta para casa e penteia os cabelos dela sem conseguir parar de chorar. É uma das cenas mais tristes que eu vi na vida. E olha que eu vi coisas tristes nesta vida.

O velório é com caixão fechado, mas isso não importa nessa hora, porque eu e ela sabemos que ela está usando sua roupa predileta. E também sabemos que ela não gostaria de ser vista daquele jeito. "As pessoas julgam." Então eu lembro das últimas palavras da Carminha, já delirando, apontando o dedo para a boca aberta e me mandando entrar. Mesmo no leito de morte, a Carminha queria me botar para dentro dela, me proteger. Penso que ela pode ter imaginado que dessa forma conseguiria me proteger para sempre, porque viver é sempre um desassossego.

CAPÍTULO 19
Outra vítima

— A Carminha morreu, Fernando.

A Júnia me dá essa notícia. Mas eu não sei o que dizer pra ela. Eu não posso fazer nada. Eu fico triste, é claro que eu fico triste. Porque, que merda! Tá errado isso, não tá certo. Minha irmã não podia morrer agora, não desse jeito. E logo ela, que parecia tão bem lá com a vida dela, com a casa dela, com o marido dela, com a filha dela, com a irmã dela... E comigo... De vez em quando...

Eu preciso beber alguma coisa, senão vou explodir. Eu preciso usar alguma coisa pra aliviar essa tensão. Eu não gosto de me sentir desse jeito. Tudo em volta começa a rodar, o teto fica mais baixo, as luzes ficam mais fortes, eu fico meio zonzo, preciso de um alívio. Eu preciso de alguma coisa pra aliviar essa tensão.

Um amigo meu me disse que a droga vai me consumir, que eu vivo buscando um paraíso artificial. Eu não tô nem aí. O Inferno que eu vivo é bem real...

E eu não tô nem aí se dizem que eu vou ficar igual aos meus tios Gregório e Clayton. Na vida é assim mesmo, todo mundo tem que ter alguma coisa pra se aliviar. Uma droga, uma bebida. Minha mãe tinha a reza e a religião dela, que era igual uma droga que a consumia e da qual ela dependia pra tudo. Anestésicos pra vida. Todo mundo precisa. Se não acaba morrendo, igual a Carminha.

No futuro, quando eu tiver 50, 60 anos, e estiver sem casa, sem família, sem dente, vão dizer que é tudo culpa do vício, que foi por causa do vício que eu gastei todo o pouco que ganhei na vida, que eu não me conectei com ninguém, que eu não parei em emprego nenhum... Que eu não consegui criar laços, vínculos de verdade, com ninguém, nem com trabalho, nem com amigos, nem com mulher... Minhas irmãs nem sabem que eu já perdi o emprego que a Júnia me arrumou, faz tempo... Também não sabem que eu estou com problemas com a polícia por conta de uns bicos que eu andei fazendo... E que eu estou pela rua, como um farrapo humano, e desse jeito não faz diferença pra mim se eu estou em Vila Velha, em Patos de Minas ou em qualquer lugar, porque o mundo todo é esse inferno sem fim e porque eu sou o mesmo em qualquer lugar. Porque não é a droga, a bebida, não é nada disso, isso só me alivia, porque antes mesmo de experimentar a primeira droga, a primeira dose de álcool, eu já tinha uma cratera dentro de mim, feito um buraco negro, que eu acho que nasceu comigo, e que suga tudo de bom ou de esperança que pas-

sa perto de mim. Agora eu não quero mais saber de nada, cada um com os seus problemas, cada um que cuide da sua vida. Eu não vou mais contar com a ajuda de ninguém, porque eu também não posso ajudar ninguém... Hoje foi a Carminha, amanhã será eu, ou outros dos nossos irmãos... Nossos tios, estes que já estão fazendo hora extra na terra... A vida é assim mesmo, todo mundo vai morrer, e eu quero é que se dane essa droga de vida. É melhor pensar que a Carminha é que está bem agora, melhor que todos nós! Eu vou sair pelo mundo e ninguém nunca mais vai ouvir falar de mim.

CAPÍTULO 20

Eu, em mim mesma

Queimo todas as roupas da Carminha, queimo os lençóis, queimo as toalhas de banho, são ordens médicas. Desinfeto todas as louças da casa, desinfeto o violão, me abraço a ele e choro por horas. Nem eu sabia que era capaz de chorar tanto assim. E olha que motivos pra chorar nesta vida não me faltaram.

Mas o pior de tudo agora é quando Joana pergunta pela mãe. Eu não sei o que dizer. Da última disse que ela foi chamada para um piquenique no céu. Que Deus chamou ela. Mas não adianta. A Joana ainda não compreende a morte. Acho até que ela se deu conta, mas não aceita, não entende. E eu entendo ela. E, sem saber o que fazer dou de presente pra ela o chapéu do seu Rafael, e digo pra ela que toda vez que ela estiver triste, ou sentir medo, ou saudade da mãe, pra ela entrar no chapéu, igual eu fazia quando era criança.

Pela primeira vez, desde que saí de Araxá, há mais de sete anos, minha tia Cidinha telefona. Mas não se estende muito na conversa para além das condolências formais e um constrangimento silencioso entre nós.

Depois que desligo o telefone, desta conversa que não durou nem cinco minutos, vou para a loja, porque a minha vida tem que continuar, apesar de não saber ainda como será.

Quando volto do trabalho, Nunes está desesperado. Ele não dorme há dias, está com olheiras fundas, os olhos vermelhos. Carminha era, realmente, tudo na vida dele. Ele se esforça para parecer mais forte do que é de fato e diz que precisa conversar comigo. Como não tenho ideia do que poderá vir dessa conversa, faço sinal para que ele fale.

— Olha só Júnia, eu tava pensando aqui... E tenho uma proposta pra fazer para a senhora, dona Júnia... É o seguinte: pensei que de agora em diante, você pode sair da loja, parar de trabalhar. E aí eu te pago um salário mínimo pra você ficar aqui cuidando da casa e da Joana, pra mim...

Eu olho para a Joana — quatro anos de idade — olhos grandes, ela é uma Carminha em miniatura — ela está dentro do chapéu do seu Rafael agora, acho que ela busca encontrar ali dentro as respostas que os adultos não conseguem oferecer fora dele. Olha para o Nunes, e meu coração está estraçalhado. E me dou conta de que eu sou, realmente, muito grata a ele por tudo o que ele fez por mim. Mas preciso tomar coragem e pensar na minha vida agora. Bem ou mal, Nunes tem uma família, e a quem recorrer, ele tem mãe, tem irmãos. Ele tem uma família. Ele tem uma rede de apoio, com certeza muito mais firme que eu, neste momento. Eu perdi a única pessoa que eu tinha, estou sozinha no mundo, sem eira, nem beira, completamente só. Então eu penso em todas as vezes que a Carminha me deu a mão, nós duas de mãos dadas fugindo de manhã cedinho da Casa das Meninas. Eu embaixo da cama dela no Lar Santa Terezinha, as mãos dadas. Ela dançando feliz no meu aniversário de 15 anos, ela parecendo uma criança no filme de Chaplin, as mãos de uma nas mãos da outra, sempre. E enquanto tudo isso passa pela minha cabeça, em fração de segundos, as mãozinhas de Joana agora pedem colo, e eu a levanto do chão e a abraço de um jeito muito apertado. E ela fica ali, debaixo do chapéu do seu Rafael, segurando a minha mão. Estou dilacerada, quero muito ficar ao lado da minha sobrinha, ajudá-la, mas não consigo, não posso, não dá de jeito nenhum, não tenho nem condições emocionais pra isso. Não tenho o equilíbrio necessário para morar com o Nunes. Sem a Carminha nossa convivência não daria certo. Meu cunhado e eu sempre tivemos uma relação difícil, passávamos semanas sem dirigir a palavra um ao outro. Como seria minha vida dali para frente sem a Carminha para se interpor entre nós? Sei do gênio forte do Nunes. Minha casa, minhas regras... E o ciúmes dele? Como seria essa vida, nós dois, eu cuidando de tudo, da casa, da filha dele, mas na casa dele, onde ele manda, e ainda por cima, recebendo um salário mínimo? Com certeza ele não me deixaria sair quando eu quisesse. O que aconteceria quando eu tivesse um namorado? Ele abriria a porta para meu namorado? Deixaria ele entrar? E aí me lembro das últimas palavras da Carminha e da promessa que eu fiz pra ela: "Prometo que nunca vou cuidar de ninguém sem antes cuidar de mim mesma", foi isso que ela me pediu, e foi isso que eu prometi à ela, bem aqui, nessa mesma sala, há dois anos, eu não posso quebrar minha palavra.

E então, tento explicar tudo isso para o Nunes, da melhor forma possível, antes de arrumar minhas malas e partir.

CAPÍTULO 21

Eu, no mundo

Preciso recordar mil vezes as palavras da minha irmã e de toda a coragem do mundo para deixar as certezas da casa do Nunes, agora sou eu no mundo, 18 anos, maior de idade, sem dinheiro guardado, sem lugar para morar, duas malas e três sacolas, um emprego, e é só isso que tenho. É com isso que saio da casa do Nunes, mesmo contra a vontade dele.

No dia seguinte, chego na loja com aquele monte de bagagem, estou sem eira nem beira, e não tenho ideia de onde vou passar a noite, então, sabendo de toda a minha situação, um colega da loja ao lado sugere.

— Pode ficar lá em casa se quiser, é só não se importar de dormir num colchão no chão.

Eu fico indecisa, perdida. Será que devo? Será que posso? Será que é seguro? Talvez, se eu fosse uma jovem de 18 anos como a maioria, não me faria essa pergunta, iria sem me preocupar com as consequências possíveis, mas tendo passado pelo que eu já passei, volta a dúvida e a insegurança que sempre me acompanharam. Volta também a sensação de ser uma pedra no sapato dos outros, de depender sempre de alguém que não me quer por perto, mas que talvez esteja disposto a fazer sua boa ação na vida. Sem escolha, acabo aceitando o convite e vou para a casa do Tom no fim do dia, com a sensação de ter remediado um problema imediato, mas não resolvido.

O Tom mora sozinho, num apartamento bem pequeno, com sala, cozinha, banheiro e um único quarto. Ele traz um colchão de solteiro e coloca no chão da sala. Diz que de vez em quando recebe ali um amigo ou familiar. Eu agradeço. Desde a nossa saída da loja, até a chegada à casa dele, ele foi muito simpático e me trata com muito respeito e até um certo carinho que, imagino, qualquer pessoa faria a alguém que acaba de perder um ente querido.

A rua é silenciosa, o colchão é macio, e eu estou exausta, sem dormir direito desde a morte da Carminha, então, não demoro muito a pegar no sono. De repente, no meio da noite, acordo assustada e sinto as mãos do Tom percorrendo minhas pernas. Ele está sentado nos pés do colchão, de cuecas, acariciando minhas pernas e meus pés, que estão cobertos por uma calça de moletom e meias. Solto um palavrão e, apavorada, pego minhas duas malas, as três sacolas e não me preocupo nem em olhar as horas porque sei que é hora de sair daquele lugar. E enquanto eu saio chutando tudo na minha frente, ele fica me pedindo desculpas, para as quais eu não dou a mínima.

Quando chego na rua, descubro que está amanhecendo. Sinto um certo alívio por perceber que já é bem mais cedo do que eu imaginava. Espero alguns poucos minutos e já pego um ônibus. Vou direto para o trabalho. Sento num banco em frente a Extravaganza e espero o horário da loja abrir. Olho para a loja ao lado, onde Tom trabalha e sinto um sabor amargo na boca, gosto de decepção.

A primeira vendedora a chegar, para a minha surpresa, é a Taninha, a representante da "Vida Loca", uma marca de roupas que eu adoro, a marca que sempre patrocina shows de rock, vernissages e outros acontecimentos artísticos. A Taninha faz parte da cena punk de Vitória, tem uma vida boêmia e movimentada e é muito gente boa.

— E aí Júnia, tudo bem? Acabei de sair de uma festa e vim direto pro trabalho. Tô mortinha de cansaço — Ela diz, acendendo um cigarro — Você está vindo de onde com essas malas?

— Tô tentando dar um jeito na minha vida, Taninha. Desde que minha irmã morreu eu saí da casa do meu cunhado, e agora tô sem ter onde ficar... ontem à noite aceitei o convite do Tom, aí da loja da frente, achando que o cara queria me ajudar, mas foi a maior roubada... Sujeito safado..., falo e abaixo a cabeça para não começar a chorar de novo.

— Puts, poxa, Júnia, que barra! O que eu posso fazer pra te ajudar? Deixa eu ver... Olha só, se você quiser passar uns dias lá em casa, até arranjar pra onde ir, tá liberado. Você fica lá no meu quarto. Eu não me dou muito bem com os meus velhos, mas eles são do bem, e acho que se a gente explicar a situação, eles deixam você ficar lá. E eu saio de lá por uns tempos..., ela fala dando risada.

No fim do dia, eu chego na casa da Taninha e é como se eu estivesse entrando em um templo, primeiro tiro os sapatos na entrada, embora a família toda diga que não precisa, mas eu vejo o sapato de todos eles na porta e então imagino que precisa sim. Trago uma única sacola, o resto da bagagem eu deixei guardada na loja. Não quero ser inconveniente, não quero ocupar muito espaço, não quero perturbar e não quero que pensem que estou querendo me mudar pra lá de mala e cuia, como dizem.

— Menina, você é de casa, fica à vontade, viu?! É bom conhecer uma amiga da Tania, ela nunca traz ninguém aqui. Pena que é numa circunstância dessas, né?! Eu sinto muito pela sua irmã. Que Deus a tenha. Você pode ficar aqui o tempo que quiser, viu?, diz a mãe da Taninha.

O casal é evangélico, e o estilo de vida deles cai como uma luva para o meu luto. Chego do trabalho e conversamos muito, jogamos dama, eles leem a bíblia e eu escuto. Às vezes eles pedem para que eu leia um trecho, e eu leio, sem problemas. Aos domingos fazemos o almoço, é quando a Taninha — que disse aos pais que está passando estes tempos na casa de uma amiga, mas na verdade está na casa do namorado — se junta a nós para se recuperar da balada do sábado. Fico comovida com o tratamento que recebo naquela casa. Os pais da Taninha, que até então eram completos desconhecidos pra mim, fazem absolutamente de tudo para me confortar. Estranhos que me estenderam as mãos e que não me deixaram afundar na dor. A mãe dela adora cozinha e eu, que só sei o básico, tenho aprendido muito com ela. O pai, quando não está no trabalho, está em casa sempre fazendo alguma coisa, consertando algo, arrumando uma coisa ou outra.

Todos os dias eu procuro anúncios nos jornais, visito imobiliárias, vou às pensões buscando alguma oportunidade, um lugar para morar. Até que finalmente um amigo me apresenta à Martinha. Apesar de jovem, ela ficou viúva há um ano, e agora está em busca de alguém para morar junto e dividir as despesas do imóvel.

Visito o lugar. O apartamento é bem bonito, no Jadim da Penha, um bairro arborizado e tranquilo. Fica a uns 400 metros da praia. A Martinha parece uma pessoa muito legal e tranquila, e eu não tenho nenhuma dúvida de que gostaria de morar ali. Meu único receio é se vou ser capaz de pagar por aquilo, já que me parece muito bom para caber nas minhas possibilidades financeiras.

Coincidentemente, na mesma semana em que visito o apartamento da Martinha, A Extravaganza inaugura sua nova loja, no Shopping Vitória. A loja para a qual o Bernardo já tinha planos de me transferir e, com todos os últimos acontecimentos, eu já tinha me esquecido completamente. Mas o que acontece é que a notícia é muito melhor do que eu esperava, eu não só iria para a nova loja do shopping, como também acabava de ser promovida. Eu iria para a nova loja como gerente de um dos turnos, com direito a um bom aumento de salário. Pronto! Era tudo que eu poderia querer. Ligo para a Martinha e, confiante, digo que vou ficar no apartamento com ela. Me sinto extremamente confiante e com a certeza de que vou conseguir ser feliz e tocar minha vida adiante. Logo em seguida, penso em Carminha, peço desculpas pela minha felicidade, mas penso também que ela entende, que é por um bom motivo, e estou, de fato cumprindo minha promessa de cuidar de mim, por fim peço que ela me abençoe, agora, e neste ano novo que se aproxima.

VITÓRIA,
ESPÍRITO
SANTO — 1993

CAPÍTULO 22

Minhas conquistas

Em janeiro começo a trabalhar no Shopping Vitória. Com 18 anos, sou a gerente mais nova da empresa. Nesse momento, com a minha determinação juvenil, mas sem perder a humildade e com os pés no chão, fico me achando uma profissional bem-sucedida, mas também uma pessoa solitária. Sinto saudades da minha irmã e da vida que tivemos juntas por tantos anos. Por muito tempo, qualquer coisa boa que acontece comigo, ou mesmo algo corriqueiro, a primeira coisa que penso é: "eu preciso contar isso para Carminha", e aí, no minuto seguinte me dou conta que isso não é mais possível.

O trabalho no shopping não é muito diferente da loja anterior, com a diferença de que tenho algumas responsabilidades a mais, mas nada que eu não possa dar conta. Uma coisa estranha pra mim é a maneira como as pessoas me tratam; os outros funcionários, com mais respeito e distância, e os meus chefes, que me tratam bem, também com respeito, mas sempre com palavras que eu não fui acostumada a ouvir: "Acredito muito no seu potencial", "Parabéns, você fez um ótimo trabalho", "Obrigado", "Você é parte desta loja", "Você é uma ótima profissional" "A gente precisa muito de você aqui", bem diferente daquelas que recebia na minha infância e começo de adolescência, "uma pedra no sapato, um problema, um peso".

O turno da gerência na loja é de revezamento: das 10h00 às 16h00 e das 16h00 às 22h00. Numa semana estou em um turno, na semana seguinte no outro. Seria ótimo se eu pudesse ficar só no primeiro turno, mas isso não sou eu quem decide, é uma decisão da empresa. Então, é estudar ou trabalhar. Eu não tenho escolha, preciso trabalhar. Sou nova e sei que terei a chance de retomar meus estudos no futuro. O trabalho também é uma espécie de terapia para mim, que me ajuda a olhar para frente, e pensar no futuro.

Estou orgulhosa das coisas que sou capaz de fazer: pagar meu aluguel, bancar todas as minhas contas, sair quando eu quero e não passar grandes apertos. A independência financeira faz muito bem para o meu amor-próprio, e o meu trabalho como gerente também é uma conquista. Penso na menina de 13 anos que dobrava centenas de camisas por dia, e na Júnia de 18 que tem a gerência de uma loja renomada num dos endereços mais cobiçados de Vitória, me sinto abençoada e confiante.

Conquisto minha autonomia e faço bom uso dela: abro minha primeira conta bancária, moro num bairro bom perto da praia, vou ao cinema, compro livros, vou a restaurantes e, na última semana, até no teatro eu fui. A Extravaganza também vende ingressos para os melhores shows de Vitória, e eu, como gerente, tenho acesso a todos eles pela cota de patrocinador da loja. Então, sempre vou a todos que posso e, vez ou outra, ainda arrumo um ou dois para a Taninha.

O meu trabalho é interessante, desafiador. Conheço muita gente, faço grandes amigos, tenho uma clientela fiel que está sempre em contato comigo, que me respeita, que confia em mim e me trata com carinho. É, sem dúvida, a melhor época da minha vida, agora, bastante movimentada, por sinal.

Como gerente, tenho também a responsabilidade de contratar vendedores temporários e, sempre que necessito, recorro à Vanessa, minha amiga da época que eu ainda trabalhava na Extravaganza em Vila Velha, com quem eu sempre saio para ir aos shows, aos bares e restaurantes, às festas.

As minhas primeiras férias coincidem com a viagem que a mãe da minha amiga Celina organiza para o Paraguai, e eu resolvo aproveitar a oportunidade, afinal, nunca estive fora do País. Estou animada, a Celina e a família dela são pessoas muito divertidas.

Estamos hospedadas em Foz do Iguaçu, que eu acho uma cidade linda. No primeiro dia, aproveitamos para visitar as Cataratas e todas as atrações da cidade. Nos outros dias seguintes, depois do café da manhã, pegamos uma van e atravessamos a Ponte da Amizade para fazer compras. A Celina e a prima delas estão lá para trabalhar. Elas fazem compras de produtos que vão revender no pequeno comércio que elas têm em Vitória. Eu estou lá para passear, conhecer o lugar e aproveitar a companhia delas, mas claro, ajudo a carregar as sacolas e me divirto com elas pechinchando nessas compras, em idiomas diferentes dos vendedores. Me divirto muito nessa viagem. Conheço lugares interessantes, como tortilhas deliciosas e faço também boas compras. Pela primeira vez na vida eu tenho perfumes franceses legítimos, Chanel 5, La Vie est Belle, Opium, Poison, Fidji. Compro também uma bolsa linda e algumas coisas de maquiagem, tudo "hecho en Paraguay".

No último dia, termino minhas compras e distribuo o que sobrou dos meus pesos para a criançada local. É o jeito que eu acho para compartilhar minha alegria e ajudar crianças que como eu bem sei, devem passar muitas necessidades.

Na volta pra casa, vamos nós enfrentar horas de ônibus muito divertidas entre as sacoleiras, como a maioria de mulheres ali se intitulam.

CAPÍTULO 23

O mundo em mim, sem compromisso

Na década de 90, a internet está entrando nos negócios, nas casas, nas lojas, e o Frederico, professor de informática, entrando na minha vida. Do mesmo jeito que a rede vai conectar pessoas de diferentes lados do mundo, o meu amigo vai me colocar em contato com maneiras totalmente diferentes de viver. Ele mora em Mata da Praia, um bairro nobre em Vitória, e a primeira vez que sou convidada para uma festa na casa dele, entro em contato com um pessoal que faz faculdade, mestrado, doutorado, gente que mora fora do Brasil, gente que trabalha em grandes empresas, em jornais, atletas, artistas, intelectuais, um povo que parece fazer parte de um outro mundo, mas um mundo que me parece bem legal, e ali aumento ainda mais minha rede de amigos.

"Talvez eu seja simplesmente como um sapato velho..." o som do Roupa Nova me espera todo dia, quando volto para casa do trabalho. O artista, que vive com o som ligado o dia inteiro quando está em casa, é meu vizi-

AS CASAS ONDE NÃO VIVI 199

nho, Felipe. A janela do meu quarto fica de frente à janela do quarto dele e, por meio do vão que separa as duas torres do prédio, o som se propaga.

Um dia os tais vizinhos, que já são amigos da minha colega de apartamento, nos convidam para uma festa na casa de um outro colega, num domingo, fim de tarde. Naquele dia o "Roupa Nova" encontra outros grupos da MPB, é uma festa para os ouvidos, só música boa tocando. E claro, entre música boa, tocava também Guilherme Arantes, que eu cantava acompanhando o som, quando a Cíntia chega perto de mim.

— Júnia, tem um cara aqui, muito gente boa, que quer te conhecer. O nome dele é Galeno.

Não desejo conhecer ninguém, não estou em busca de compromisso, estou bem sozinha. Só quero cantar e dançar mais um pouquinho. Recuso a apresentação. E o tal do Galeno fica a festa inteira olhando pra mim, me deixando até sem graça. Quando a festa dá sinais de que está acabando, resolvo que vou sair dali e passar no "Chalana", um bar que fica no caminho de casa, já bem perto, onde toca um sambinha encantador que eu adoro. E quando estou de saída, o tal do Galeno chega perto de mim e me oferece uma carona. Tento recusar, mas ele insiste, educadamente. Faz uma brincadeira inocente qualquer, insiste e eu acabo aceitando.

Quando chegamos na rua, fico impressionada com o cavalheirismo do rapaz, que abre a porta do carro para eu entrar, depois pede licença para fechar, e senta-se ao volante, conversando comigo naturalmente, como se já nos conhecêssemos. Uma conversa boa, mas, como eu havia premeditado, "eu não estava em busca de compromisso" e esta será a primeira e a última vez que verei o Galeno nos próximos três anos.

CAPÍTULO 24

O mundo é uma festa

Agora, aos 21 anos, minha vida social está muito agitada. Tenho um monte de amigos, vamos a shows, teatro e viajo sempre que posso aos fins de semana. Um dos pontos altos do calendário de eventos é a festa junina que minha amiga Celina costuma promover, uma organização impecável. A festa nunca reúne menos de 100 pessoas, e conta com banda de forró, barraquinhas de comidas típicas, fogueira... Todo mundo a caráter, todo mundo feliz, e eu adoro essa festa, há dois anos que não perco.

Nesse ano de 1996 a festa está animadíssima, cheia de gente interessante, e eu estou dançando quadrilha quando sinto uma inquietação... Parece que estou sendo vigiada, sei lá, então eu olho para os lados e vejo um homem que me encara fixamente, um olhar vidrado. Vestido à caráter, o cowboy pisca pra mim, mas eu finjo que não percebo. Depois pergunto pra Celina quem é, e ela me diz que é um amigo seu. O cowboy é muito charmoso, tenho que admitir.

Dançamos a noite inteira, festa animada, amigos, quadrilha, fogueira, barracas, tudo muito bom e divertido. Fico imaginando como seria bom se pudesse ter conhecido tudo isso quando criança, e aí, olho para os lados porque fico até com medo de estar me comportando realmente como uma criança, mas estou tão feliz, que nem ligo. Como é gostoso!

No fim da festa, os amigos começam a se organizar para voltar para Vitória. "Quem vai com quem?", "Tem dois lugares sobrando no corcel, avisa aí, ó!", "De moto eu não vou nem morta!", "Quem vai no Jeep grandão?"... Eu estou com preguiça de participar da organização da volta para a cidade, estou com sono, e penso que onde me colocarem eu vou, feliz, àquela altura qualquer carona funciona pra mim.

— Eu te levo para casa. A voz sai de dentro do tal Jeep grandão. Enorme, por sinal. Quando me estico para ver o motorista, descubro o cowboy que não desgrudou os olhos de mim durante toda a festa. Reconheço alguns amigos que já estão no banco de trás e me sinto segura e tranquila, para aceitar a carona. Agradeço e sento ao lado do motorista, o único lugar vago. O cowboy, que se chama José e diz que é da Bahia, quer puxar assunto e pergunta de onde sou, onde moro, o que faço, é educado, mas eu estou cansada e minha vontade é dormir como já faz a maioria do povo que está no banco de trás do carro, então só vou respondendo às perguntas meio no automático, mesmo assim, mais de perto, tenho tempo de reparar em como o cowboy é bonito.

A impressão que tenho é a de que chegando em Vitória, ele deu voltas para deixar todo mundo em casa, ou em algum lugar que facilitasse a chegada de todos que estavam no banco de trás, e me deixou por último propositalmente. Vou explicando o caminho, entra aqui, vira ali, e quando chegamos na frente da minha casa, ele me olha nos olhos como se eu fosse o centro do universo e me elogia como se eu fosse a última mulher na face da terra, ele joga a teia como um sedutor e eu me enrosco nela como uma vítima voluntária.

Na segunda-feira, quando chego na loja, encontro um urso de pelúcia imenso, todo branco, com uma maravilhosa fita vermelha no pescoço e uma caixa de chocolates lindamente exagerada. Há também um cartão com uma mensagem apaixonada, mas sem assinatura.

No meio da tarde, o telefone toca. É José, querendo saber se recebi o presente. Digo que sim e, imediatamente, ele me convida para jantar. Digo que sim novamente, e assim começa a minha história com José, uma narrativa de altos e baixos e de reviravoltas surpreendentes.

Um dia estou atendendo um cliente, quando ele chega para me buscar e então começa a inquisição: "quem era?", Por que você ficou atendendo ele por tanto tempo?", "Por que você ficava sorrindo pra ele?".

Dali em diante, o comportamento gentil, educado e galanteador do primeiro dia deu lugar a atitudes ciumentas e grosseiras. Até sobre minhas roupas — que sempre foram discretas — ele queria opinar, controlar. Queria saber a todo momento onde eu estava, com quem eu estava, e até, acredite, chegou a perguntar no que eu estava pensando, não como fazem os casais, com carinho, mas sim com ar inquisidor, com raiva, com ciúmes. São brigas e mais brigas que ele arruma, sem motivo aparente, ou por ciúmes. Ele também começa a cancelar programas que ele mesmo tinha feito para nós. Um dia está passando mal, no outro está com dor de cabeça, em outro tem um compromisso de trabalho que surgiu de forma inesperada. Nosso namoro passou a ser só briga por ciúmes ou bolo de me deixar esperando, tudo sempre vindo dele.

Numa manhã qualquer, estou na loja e uma cliente que já é também amiga, comenta que encontrou José na noite anterior, no Bar dos Bárbaros. Finjo naturalidade com a informação, mas por dentro sou só raiva, porque pra mim ele havia dito que um amigo estava passando mal e ia levá-lo ao hospital. As evidências de que o José não fala a verdade só não são mais fortes do que a minha vontade de acreditar nele, meu desejo de fechar os olhos para o que não se encaixa, o que não vai bem, o que não funciona, porque nesta fase o que tenho é preguiça para esses assuntos. Mas no fundo, sei de tudo: José é bonito, é jovem, é bem-sucedido, é ciumento, mas também é mulherengo e instável, em outras palavras, ele é absolutamente irresistível aos olhos de uma menina de 21, mas no caso de uma menina de 21 anos que já passou tudo o que eu passei, me convenço de que aquilo ali não vai, nem pode durar muito tempo, então resolvo aceitar o convite dele para passar o fim de semana no Rio de Janeiro, já imaginando a viagem como uma possível despedida.

Ficamos hospedados na zona Sul, do Rio. E pra mim, que só tinha escutado falar da cidade, acho realmente tudo maravilhoso. Fico encantada com as ruas arborizadas, a diversidade de sotaques, a moçada bronzeada e, aparentemente, despreocupada. À noite José diz para eu colocar a minha roupa mais bonita, que vamos jantar com o irmão mais velho dele, José Manoel, que mora no

Rio. Visto um tubinho preto e um colar de pérolas (que você juraria que eram verdadeiras, mas não eram, só mais uma das peças que eu trouxe do Paraguai) e uma bolsinha pequena também preta (que o José havia me ensinado a chamar de "clutch"). O restaurante é o máximo, e fica no coração de Ipanema.

— Você é de onde mesmo, Júnia?, pergunta o José Manoel.

— Sou de Minas Gerais.

— Minas, é? — Ele pergunta em um tom sarcástico — Um minutinho, só... Garçom! Garçom, traga um copo de leite pra moça aqui e uma cachaça mineira pra mim. Nossa convidada aqui é de Minas, e as mineiras adoram leite, né Júnia?

Enquanto isso, José dá risada, condescendente com o irmão. E eu, sem saber ao certo o que fazer, resolvo virar o copo de leite e devolvê-lo vazio, batendo o copo com força na mesa, na frente dele, assim como ele fez com o copinho de cachaça.

— Que delícia! Não posso negar minhas origens, né?!

José Fabiano, que naquele momento ainda é meu namorado, percebendo minha indignação, tenta amenizar o clima puxando assunto com o irmão, me pedindo para escolher o prato e uma bebida que eu realmente queira beber. Aos poucos a conversa vai fluindo entre nós, de maneira mais relaxada. Ao fim da noite, depois do irmão pagar a conta que, segundo ele, fazia questão, durante a despedida vieram convites para outros jantares, para passear, para conhecer outras pessoas da família deles na Bahia e outras coisas que por vezes a gente combina sem ter certeza se realmente vai querer cumprir. No resto dos dias fomos à praia, passeamos, saímos para jantar. Recebi flores no quarto, e tudo correu bem.

Após uns dois meses da viagem ao Rio, e quatro meses mais ou menos desde o início da relação, José chega com uma fala que, vendo em retrospecto, imagino que ele havia ensaiado dizer.

— Júnia, minha família decidiu fechar a filial da loja aqui em Vitória. A do Rio vai continuar, mas lá meu irmão dá conta de tudo. Então, eu devo voltar para a Bahia, onde está o escritório e as outras lojas da empresa. Por que você não vem comigo? Você pode trabalhar lá na empresa, e a gente pode morar juntos. E morar juntos pode ser também ter uma casa, possivelmente ter um filho, ter um cachorro, árvore de Natal, outro filho, casa na árvore, Dia das Crianças, Páscoa, bolo de aniversário para os filhos, para você, para mim, para o cachorro. Estudar, fazer uma faculdade, trabalhar na empresa da minha família... Você pode trabalhar numa das lojas, afinal, você já trabalha numa loja, a diferença é que lá a loja é da minha família, que vai ser a sua família e, portanto, a loja vai ser sua também.

A princípio imagino que aquela seria uma boa proposta para a minha irmã Carminha receber. Mas depois pondero, peço uns dias para pensar e ele passa o tempo todo insistindo nessa ideia. Durante todo esse período, percebo que as crises de ciúmes diminuíram consideravelmente, e que o tempo dele tem sido quase que exclusivamente dedicado a mim, recebo tudo isso como uma prova de amor e também de que é isso o que ele realmente quer para a vida dele, então, resolvo aceitar. Deixo meu emprego de sete anos, abro mão da minha casa perto da praia, dos meus planos futuros, da convivência com a minha sobrinha, arrumo minhas duas malas e me jogo no mundo com José Fabiano, afinal, pra quem já esteve em tantos lugares como eu, quem sabe não está na Bahia a minha felicidade plena.

JUAZEIRO DA BAHIA, BAHIA — 1996

CAPÍTULO 25
Duas malas e um cheque

José e eu pegamos a estrada no Jeep e eu me sinto a pessoa mais aventureira do mundo. Atravessamos a BR 101, e eu vou com o coração dividido, metade está apaixonado, pulsando forte com a ideia de começar uma vida nova, a outra metade bate descompassado, assustado, pensando: será que fiz a coisa certa? Deixei meu emprego, minha casa, meus amigos. Larguei tudo, meu Deus, o que foi que eu fiz?

Chegando na Bahia, descubro que estou em uma casa de Josés — são seis deles — o pai se chama José, só José, e os cinco filhos são, todos eles, José alguma coisa. O José que me leva para Bahia é José Fabiano, o que vive no Rio é o José Manoel, e o que se torna meu melhor amigo é o José Renato, dois anos mais novo que o Fabiano, um sujeito aberto, carinhoso, que cheira à colônia Dimitri do Boticário intensamente, e que tem síndrome de Down. Nossa conexão é natural e muito forte desde o primeiro momento. Eu o chamo de "Meu amiguinho" e ele me adora.

É um mundo novo pra mim. Esse mundo é Juazeiro da Bahia e, no começo da nossa estada, vivemos um período de lua de mel. Todos os Josés que vivem lá me adoram,

AS CASAS ONDE NÃO VIVI   211

me recebem bem e eu realmente me sinto parte da família. Uma família de homens. Os pais do Fabiano são separados e somente um de seus irmãos é casado e vive com a mulher em Salvador, cuidando dos negócios da família por lá, mas, ainda assim, uma família muito unida, porque estão todos sempre juntos.

A cidade é menor do que Vitória, mas pra mim, dá a impressão de ser maior, porque fora a família do José, eu não conheço ninguém ali.

José Fabiano alugou um apartamento muito bom, só para nós dois, já mobiliado, com tudo de muito bom gosto. Durante o dia ele sai para trabalhar nos negócios da família e eu fico em casa, sozinha. Com isso, os dias são longos, eu estava acostumada ao trabalho intenso na loja e também aos compromissos divertidos quase todas as noites, em Vitória. Agora eu tenho muito tempo sobrando. Fico lembrando de fatos do passado e, por um momento olho para o nosso barzinho em casa, e me vem à memória eu me fantasiando de tia Cidinha e brincando de beber Martini e fumar Charm, na casa dela... Eu olho em volta para a casa onde estou e para trás, para minha vida e penso: por que será que olhar para frente, para o futuro, é tão mais complicado? O passado a gente enxerga, o presente também, mas o futuro, isso é impossível.

Depois de algumas semanas por ali, numa noite em que estamos jantando, eu digo ao José:

— Tô pensando em voltar a estudar. Tive que parar por conta do horário da loja, mas agora posso voltar. E posso também trabalhar meio período na empresa da sua família. Já falei com o seu irmão e ele achou uma ótima ideia. Disse até que me ajuda a escolher uma escola, terminar o que falta e depois seguir para uma faculdade.

— Você não precisa trabalhar, meu amor. Pra falar a verdade, você nem precisa estudar mais, Pra quê?

— Como assim pra quê? Porque eu quero. Porque eu preciso fazer alguma coisa, me ocupar. E estudar é algo que já estava nos meus planos, sempre esteve. Olha, eu falei de trabalhar meio período para estudar, mas se for o caso posso trabalhar o dia todo e estudar à noite, sem problemas, já fiz isso durante muito tempo. E você mesmo tinha falado sobre isso, que aqui eu poderia trabalhar, estudar, fazer faculdade...

— Como é que é? Estudar à noite? Faculdade? Tá maluca? Que ideia é essa? Olha, esquece o que eu falei, e foca só na casa, nos filhos, na família, no cachorro... Na empresa não daria certo não, esquece isso. Diz o José Fabiano, levantando da mesa e trancando-se no quarto.

Decido não falar mais nada por enquanto. Arruma as coisas e vou dormir.

Nem três meses aqui e agora ele passa a maior parte do tempo fora de casa. Alega que precisa organizar eventos da empresa, reuniões, encontros com clientes, afirma que são sempre compromissos de negócios. Desde que nos mudamos para Juazeiro ele ainda demonstra carinho por mim, em palavras e promessas, mas não mais em gestos. Há mais de um mês que não temos nenhum tipo de contato físico. Mal ele me dá um beijo para sair de manhã. À noite, nem pensar. Na maioria das vezes nem vejo ele chegar em casa. Aos poucos, eu me torno um sofá, uma cadeira, um aparador de pratos, eu sou parte da mobília da casa, sou mais uma peça das coisas dele, mas não faço mais parte da vida dele, e desconfio que se continuar assim, nem da minha própria...

— Meu irmão é um bebê chorão, esquece ele! Aconselha o meu amiguinho, o irmão mais novo do José Fabiano, a única pessoa com quem eu converso nos últimos tempos.

Juazeiro, essa cidade linda com nome de árvore... É o que eu penso, debruçada sobre as margens do rio São Francisco, que tem uma natureza exuberante. Mas a minha Juazeiro é um lugar silencioso e sem água. O silêncio é grande e denso. Não há nenhum ruído na casa, na rua, no mundo. Não existe passarinho em Juazeiro da Bahia, nenhum pio. Tudo quieto. Calado. Cachorro não se coça, gato não mia, e meu coração parece até que não bate mais. Um carcará grande plaina no céu, ele não é um predador especializado, esse pássaro é um oportunista, um pirata, que come inseto, come sapo e come até filhote de ovelha, "Carcará pega, mata e come".

Pouco mais de três meses depois de nossa mudança para Juazeiro, durante o café da manhã, eu constato que José Fabiano é, a cada dia mais, um estranho pra mim, um desconhecido que me tira o chão a cada dia e me olha com naturalidade, e que quando fala comigo é de uma frieza que não é humana. Então resolvo chamá-lo para uma conversa, dizer que não podemos continuar vivendo assim e, para minha surpresa, ele diz:

— Olha, pra falar a verdade, eu não quero mais nada com você. Se você quiser voltar para Vitória vai ser um favor que você vai fazer pra gente. Não faz mais sentido você aqui.

Sem saber o que dizer, eu choro de tristeza, de vergonha e de revolta. E sem perder tempo, ele levanta do sofá, vai até o quarto e volta com as minhas duas malas arrumadas. Me entrega e não diz mais nada. Digo a ele que preciso de um tempo para decidir o que fazer, e ele responde que então vai sair de casa, mas que me dá no máximo um mês para eu sair de lá e não aparecer nunca mais.

Mais uma vez eu estou sem eira nem beira e, acima de tudo, sem fala. Tenho duas malas e um cheque de dois mil reais, que era o saldo restante da minha rescisão de contrato na Extravaganza. Não tenho mais nada. Mas desta vez tenho consciência de que não foi ele ou qualquer outra pessoa que me fez sofrer. Dessa vez fui eu mesma. Estou decepcionada comigo, humilhada. Como fui fazer uma aposta tão errada dessas?!

Ao saber do ocorrido, a mãe de José, que é uma mulher maravilhosa e sensata, está claramente horrorizada com a situação, e vem em meu auxílio:

— Você tem família, querida?

— Não, eu não tenho ninguém. Ninguém. Eu repito para me recordar do tamanho da minha solidão.

Aos 22 anos eu me sinto órfã outra vez, pequena outra vez, a pessoa mais sozinha do mundo, sou aquela com quem ninguém se importa, mais uma vez aquela que ninguém quer, eu sou a pedra no sapato de novo, aquela de quem todo mundo quer se livrar. Este é o sentimento desolador que toma conta de mim. Todos os outros Josés, o pai, a mãe, todos eles morrem de pena de mim, e me ajudam na medida do possível. E eu já nem sei o que dói mais, ter sido rejeitada pelo Fabiano, ou acolhida pelo resto da família como uma coitadinha.

Eu não tenho ideia do que fazer, mas sei direitinho o que não fazer: não vou voltar para Vitória como a vítima desamparada, a perdedora, a gaivota de asa quebrada que foi enganada pelo carcará.

SALVADOR, BAHIA — 1996

CAPÍTULO 26

Carcará não vai morrer de fome

Solange, a cunhada do Fabiano, uma mulher caloro-sa, espalhafatosa, mas muito acolhedora, de sorriso fran-co, é a única que realmente se coloca no meu lugar sem nenhum julgamento, com pena de mim, mas não aquela piedade soberba do resto da família, quer realmente me ajudar. Então ela convence o José, marido dela, a provi-denciar tudo pra mim. Eles me levam até Salvador, en-contram uma república próximo à casa onde eles moram, entram em contato com a proprietária e dão referências sobre mim. O primeiro mês de aluguel está pago. Ela fez o José pagar. Agora eu tenho um cheque de dois mil reais e 30 dias para arranjar um emprego e recomeçar a vida.

No meu primeiro dia em Salvador, acordo muito cedo, vou até a gráfica mais próxima, imprimo vinte currículos meus, e sou informada de que existem três shoppings na cidade. Decido então ir a dois deles. Tomo o ônibus para o Shopping Iguatemi, perto de casa, e visito seis lojas. Em todas elas as mesmas respostas: "Não estamos contratando", "Volta mais pro fim do ano, que contratamos temporários", ou "Preciso de gente só para o fim de semana". Para no ponto, e pego o ônibus para a Barra. Um bairro histórico. De lá vejo Salvador inteira. Admiro a beleza do lugar, converso com Deus e depois caminho até ao outro shopping, renovada. Visito uma loja, outra loja, mais outra e então eu vejo uma loja de jeans, que me parece bem bacana. O nome é Zoomp. Converso com a gerente, que é mineira como eu e isso, de alguma maneira, nos aproxima. Conto pra ela um pouco da minha história, de forma bastante resumida, é claro. Ela me diz que pode me oferecer uma oportunidade. Um treinamento de uma semana e, se eu passar, pode me contratar.

O treinamento não é remunerado e meu dinheiro é contado, mas aquela é a única oportunidade concreta que tenho para conseguir um emprego e eu a agarro com determinação. O treinamento é tranquilo e, na semana seguinte eu estou empregada. "Carcará não vai morrer de fome". Ao mesmo tempo que é muito bom ter um emprego, é duro encarar o fato de ter regredido três ou quatro anos na minha carreira. Eu era gerente na Extravaganza, e agora sou uma vendedora iniciante na Zoomp.

Passo os dias me esforçando no trabalho. Estou sangrando por dentro, mas não divido minha história com ninguém. Os colegas da loja têm todos mais ou menos a minha idade, gente leve, locais, de bem com a vida. A maioria ainda mora na casa dos pais, estuda e não tem do que reclamar, mas para quem precisa pagar aluguel, todas as contas e as refeições, o mês é sempre longo demais. Eu faço malabarismos em série e, nos meses em que não consigo vender bem a coisa fica bem mais feia, mas resisto.

— Olhe só, venha para um caruru lá em casa, venha amiga! É aniversário de minha tia.

O convite da Inês, minha colega de trabalho, salva meu dia. Esse mês é, pelo menos, uma semana mais longo que os outros e eu não aguento mais tanta privação. Além da contenção de despesas, existe uma preocupação constante em relação à próxima semana, ao próximo mês, ao vencimento das próximas contas... Talvez, percebendo a minha situação, diferente da maioria dos meus colegas de trabalho, eles passam a me convidar vez ou outra para coisas assim, principalmente nos fins de semana, e eu agradeço por isso e vou, aceito todos os convites e, uma coisa não posso negar: o povo da Bahia é muito hospitaleiro. Mas eu sinto saudades de Vitória, saudades da vida que eu levava, dos amigos, saudades da Joana, de poder ver os meus irmãos de vez em quando, ainda que seja muito de vez em quando, saudades de pertencer a um grupo e meu primeiro Natal em Salvador é o retrato fiel dessa solidão.

Trabalho até às seis horas da tarde no dia 24 de dezembro e vou sozinha para o ponto de ônibus. Pela janela vejo o movimento típico de véspera de Natal, a confraternização, o carinho, os presentes. Olho para cima e para dentro de mim e converso com Deus. Peço a Ele para nunca mais passar o Natal sozinha. O sol ainda está brilhando lá fora, mas eu sinto um frio grande, frio de gente sozinha, frio de gente triste, frio de gente fria que pelo menos em Vitória eu não era mais... Entro no meu quarto e caio no sono antes das dez da noite. Esse é o meu natal em Salvador.

AS CASAS ONDE NÃO VIVI 221

CAPÍTULO 27
Ano novo de novo

Quando começa uma grande amizade? No dia que conhecemos alguém novo? No dia que descobrimos que temos algo em comum? Quando damos a primeira risada juntas, ou quando choramos juntas pela primeira vez? Quando começa uma grande amizade? Quando alguém se transforma em irmão ou irmã? Posso falar por mim... Conheci a Rina como cliente na loja da Zoomp, e que cliente boa ela era! Sempre que visitava a loja insistia em ser atendida por mim. Ela não era da cidade, isso eu sabia, mas o que eu descobriria mais tarde é que ela nascera e passara toda a vida em Juazeiro.

Um pouco depois, descobri que, assim como eu, ela estava saindo de um processo de separação. Me contou que tinha dois filhos pequenos, mas descobri também que diferentemente de mim, ela podia contar com uma família grande, uma boa rede de apoio e afetividade que lhe amparava incondicionalmente.

Rina é corajosa, trabalhadora. Ela passou muitos anos casada com um homem de posses antes de constatar que não estava mais feliz na relação. Então ela pede o divórcio, mas se recusa a depender da pensão do ex-marido, e decide empreender. Abre um negócio num segmento totalmente novo para ela: limpeza de vitrines. Ela entra na empreitada de cabeça e prospera. A pequena empresa dela cresce rápido e ela contrata funcionárias, dá treinamento, e os clientes gostam tanto do trabalho dela que um vai indicando outro e assim ela construiu uma bela carteira de clientes.

Rina também é uma mulher muito positiva, que vive o presente e olha para o futuro, com uma energia que contagia a todos. Rapidamente nos tornamos amigas e sempre que temos folga no trabalho, ela me convida para passear, para dançar, jantar e até para viajar com ela. Eu adoro a Rina, nossas conversas. Mas eu não deixo que ela saiba nada de mim, nada da minha vida, das minhas dificuldades. Quero a amizade da Rina, e não a piedade, e para isso, eu emprego toda a minha criatividade para esconder da Rina que não tenho dinheiro para acompanhar a vida social dela, e acabo por aceitar os convites para um café ou papo na praça ou mesmo dentro do shopping, onde ela tem vários clientes, inclusive a própria loja onde eu trabalho.

Vez ou outra ela me convida para ir com ela assistir aos shows do irmão dela, um compositor renomado e bastante conhecido na Bahia. Como esses shows são de graça, porque ela sempre tem vários convites, eu aceito. Até que ela me diz que o irmão tem vários convites para um camarote no carnaval de Salvador, e me convida para ir com ela. Tudo na faixa, ela diz. Eu vou, e lá conheço a "Casa das Sete Mulheres", como ela se refere a própria família: Rina, cinco irmãs e a mãe, sete mulheres unidas e de pés no chão. Mas os quatro irmãos homens.

A dona Maria, a matriarca, é uma mulher guerreira, forte, determinada, trabalhou a vida toda como professora e também costura para fora, para ajudar a família. Vive a vida com gosto, tem talento nato para ser feliz e para fazer bordado à mão; flores, pássaros, borboletas. Dona Maria criou desenhos enquanto criava os filhos e coleciona histórias de afeto e alegria. Atualmente ela doa o tempo dela para obras de caridade. A mulher é incansável! Ela me inspira. Aquela família vai, pouco a pouco, cicatrizando minhas feridas, e a vergonha pelas decisões erradas que tomei. Tudo isso vai, aos poucos, deixando de me atormentar. O meu erro de julgamento torna-se menos fatal e eu perdoo a mim mesma, e estou pronta para voltar para casa.

Quando passa o carnaval eu volto para a loja e peço demissão. A gerente estranha minha decisão. Diz que eu estou indo muito bem na loja. Eu digo que não me adaptei muito bem a cidade, apesar dela ser realmente maravilhosa e todas as pessoas também, mas que preciso voltar para Vitória. Ela então me pede para cumprir o aviso-prévio, e acerta comigo as contas.

Mas, como na minha vida tudo pode acontecer de uma hora pra outra, e volta e meia eu preciso me jogar no rio Jordão várias vezes para ficar curada, na minha primeira semana de aviso-prévio a proprietária do meu apartamento decide fazer uma reforma no imóvel e exige que todas as inquilinas se afastem por seis meses. Estou de novo no meio da rua, no meio do rio, ainda no quarto mergulho, eu acho, aquele que serve para a gente não desistir. É uma situação surreal e eu entro em pânico.

Não consigo pensar direito, mil ideias cruzam minha cabeça, mas nenhuma delas para. Eu não enxergo nenhuma opção, mas meu coração me diz para eu não desanimar e mergulhar de novo: o mergulho da fé. Ligo para Rina e conto o que aconteceu. E tudo que ela diz é: "Espere aí que eu estou indo lhe buscar é agora!"

E não demora nem uma hora e a minha amiga chega mesmo. Vamos tomar um café e ali eu conto tudo pra ela, tudo na medida do possível, ao menos os últimos acontecimentos desde a minha saída de Vitória. E então ela abre os braços e me dá um abraço. E diz que as portas da casa dela e o coração estão abertos pra mim.

Em nenhum momento nos mais de 30 dias que eu passei na casa da Rina eu ouvi uma única palavra de recriminação, de julgamento ou de crítica, ao contrário, Rina é, naquele mês, a minha estrela guia. Ela me dá conselhos, compartilha experiências e ri comigo. Rir é uma das coisas que ela mais faz na vida.

Desde que a Carminha morreu eu não tenho a sensação de ter alguém assim, incondicionalmente, ao meu lado. Nos tornamos confidentes uma da outra, psicóloga uma da outra, espelho uma da outra. Não tenho certeza quando do exatamente começa uma grande amizade, mas não tenho dúvidas que ela se materializa em momentos como esse. Dali em diante, Rina será minha amiga para sempre.

No dia da minha partida, Rina me deixa na rodoviária em Salvador com mil recomendações. O mesmo tipo de cuidado que Carminha costumava ter por mim.

Nos despedimos com a promessa de nunca nos afastarmos do coração, independente da distância geográfica.

VITÓRIA, ESPÍRITO SANTO — 1998

CAPÍTULO 28

A Paz

Aos 24 anos, volto para Vitória e sinto que é como se eu voltasse para casa, apesar de não ter uma casa. Mas ali conheço a cidade, os lugares, as pessoas e tenho um monte de boas lembranças. Em Vitória também sei onde procurar emprego, e sei com quem posso contar.

A Vanessa me encontra na rodoviária. A minha amiga que eu não vejo há mais de dois anos, e que não sabia direito da minha história com o José, nem mesmo da minha ida para Bahia. Telefonei para ela da casa da Rina, no dia da minha partida, contando tudo, as ilusões, os desencontros, os tombos e a minha decisão de voltar para Vitória. O convite da Vanessa para ficar na casa dela vem com a força de um abraço. Tenho muita sorte por poder contar com gente assim nos momentos mais difíceis da minha vida, isso eu preciso reconhecer.

Agora eu moro com a Vanessa e a mãe dela. E assim que chego na casa delas, sinto que começo a respirar melhor, de forma mais ritmada, estou entre amigas, me sinto fortalecida. O lugar é marcado pelos sons da máquina de costura e dos aromas que exalam da cozinha da dona Marlene.

A mãe da Vanessa me conta que casou muito cedo, e em um período de oito anos, teve seis gestações. Antes dos 30 anos já tinha seis filhas e tinha muito prazer na maternidade, amamenta uma, troca outra, leva aquela outra para a escola, dá conselhos, dá papinha, dá o melhor e torce pelo melhor, ela diz. Dona Marlene cuidava da casa e das meninas e o marido trabalhava fora, até que um dia o marido encontra uma paixão na rua, como ela diz, e é um sentimento tão forte, tão louco, tão visceral que o homem esquece de tudo, esquece da casa, esquece da dona Marlene e esquece até das seis meninas e some no mundo. E aí, foi na máquina de costura que eu sustentei essas meninas tudo. Fiz barra, bainha, borda, drapeado e overloque, faço todo o tipo de costura para fora e desse jeito que consegui alinhavar o futuro das seis meninas.

Imediatamente penso na minha própria mãe, também ela com seis filhos, mas sem poder contar com a própria saúde mental e o equilíbrio emocional, se desestruturou, se desmanchou, se despedaçou. Penso na minha mãe andando pela rua com o meu irmão morto nos braços e a cena só faz aumentar a minha admiração pela mãe da Vanessa.

A casa da Vanessa é na parte de cima de uma construção de dois andares. A morte habita o andar de baixo, como elas dizem. Há uma loja de venda de caixões no térreo. E nessa hora eu me recordo da época do Lar Santa Terezinha, quando limpava os túmulos e rezava pela alma dos mortos junto à Irmã Aparecida.

A Vanessa continua num ritmo de vida parecido ao que nós duas tínhamos quando eu ainda morava em Vitória, uma vida social intensa. Ela sai muito, quase todos os dias. Eu não posso sair, e também não tenho vontade, estou preocupada com o futuro, não posso nem quero ficar muito tempo morando na casa delas de graça.

Depois de alguns dias saindo para procurar emprego, encontro uma oportunidade em uma loja de móveis pequena e exclusiva no Jardim da Penha, um bairro que eu conheço como a palma da minha mão. São peças de design com assinatura, produtos para um público diferenciado, ou seja, comissão de vendas alta, mas produtos que não são lá muito fáceis de vender.

Logo no meu primeiro dia de trabalho, quando estou saindo da loja, ouço alguém me chamar:

Júnia! Você está de volta a Vitória?

É a Martinha que me conta que está dividindo o apartamento com a Cíntia, mas que se eu quiser eu posso tranquilamente morar lá com elas, porque elas estão mesmo, neste momento, procurando mais alguém para dividir o apartamento e as despesas porque agora as duas moram num apartamento um pouco maior, em Jardim Camburi, um bairro muito bom, tranquilo, arborizado, e bem perto da praia.

Você precisa morar com a gente, Júnia!

Pronto! Minha vida agora entra nos eixos novamente. Tenho um emprego que me parece bom, tenho amigos e posso vislumbrar uma volta à vida social. Imagino que consigo me reerguer pouco a pouco, e me sinto mais segura de mim mesma. Digo a ela que preciso de uns dias pra pensar, mas que logo farei contato pra conversamos sobre isso. Ela então me convida para um barzinho, diz que a Cíntia também está indo pra lá, e então resolvo ir para colocar a conversa em dia. É uma noite de sexta-feira, verão, brisa boa e boa companhia, não teria porque não aceitar.

Na hora em que estamos chegando no barzinho movimentado num bairro universitário e encontramos a Cíntia, antes mesmo de me cumprimentar, como se me visse todos os dias, ela diz:

— Olha só quem tá lá do outro lado da calçada! É o Galeno, aquele que eu te apresentei naquela festa, lembra dele Júnia?

Sim, eu lembrava do Galeno. Um cavalheiro de verdade. Ele se aproxima, conversa um pouco com a gente de forma rápida, diz que vai encontrar uns amigos e antes de sair me convida para uma reuniãozinha na casa dele no dia seguinte.

Convite aceito, no sábado sigo para o endereço que ele me passou. Galeno me recebe com o seu cavalheirismo habitual. Ele senta-se próximo à janela, cruza suas longas pernas e acende um Gudang Garam. Entre uma tragada e outra, ele me conta que viajou o mundo, que é adepto de yoga, que se interessa muito por música e arte. Ele vai contando coisas e soltando a fumaça daquele cigarro que, naquela hora, eu acho de um aroma muito envolvente. O mundo do Galeno é muito maior que o meu, cheira a cravo. O Galeno tem voz grave, gestos calmos e um olhar castanho introspectivo. E depois de falar por menos de quinze minutos sobre um monte de coisa de um jeito bem bonito e elegante, ele me diz:

— Mas me conta de você, Júnia.

Eu respondo falando um pouco de tudo, do meu trabalho, das minhas amigas, da minha estada em Salvador (que por sinal, descubro neste momento que é a cidade natal do Galeno), mas não entro em detalhes sobre a minha família nem sobre as tantas experiências negativas que tive. Quero que o Galeno conheça a Júnia do presente, batalhadora, positiva, que está correndo atrás, a Júnia que de fato existe nesse momento. E dali em diante a conversa passa a fluir melhor, de maneira natural sobre os mais variados assuntos. Passamos o dia assim, conversando.

No domingo, espero alguma notícia de Galeno, mas ela não vem. Eu bem que gostaria de ficar do lado dele de novo, sentir o cheiro de cravo, e conversar, conversar...

Na segunda-feira, tomo a iniciativa de telefonar e o convido para um passei no calçadão da praia.

Nosso encontro não é de filme, mas tem um não sei o que de "encontro marcado" que não sei explicar, é difícil traduzir esse sentimento. A impressão de que nós dois estamos no lugar certo, na hora certa e que todo o resto ao redor está certo. A presença do Galeno vai se imiscuindo dentro de mim a cada dia, e eu me sinto cada vez mais envolvida, segura, comprometida num relacionamento que vai se desenvolvendo sem problemas, sem dificuldades, com leveza porque desde o primeiro momento Galeno e eu construímos uma relação de carinho e cuidado. A cada minuto que passa eu amo mais aquele homem que não me discrimina, que não me julga e me aceita como eu sou. Talvez a única pessoa que eu realmente tenha tido a coragem de contar toda a minha história, desde o começo, até aquele momento, até o reencontro com ele. E aí, alguns meses depois do início do nosso relacionamento, Galeno sugere:

Por que você não vem morar comigo?

Nossa vida em comum é cada dia mais apaixonada, ocupada, divertida e tranquila. Ele faz vários cursos após o trabalho e eu agarro a oportunidade para aprender tudo o que posso, sempre incentivada por ele. Faço curso de inglês, aprendo a dirigir, tiro carta, e concluo meus estudos. O Galeno divide comigo os planos dele para o futuro e é a primeira vez na minha vida que eu tenho a experiência de viver ao lado de alguém que consegue visualizar um futuro, traçar objetivos, colocar-se metas e cumpri-las.

A casa do Galeno é cheia de livros e é com ele que eu vou descobrir que eu também adoro ler. O primeiro que ele me sugere é *O Mundo de Sofia*, e dali em diante não paro mais, e vou descobrindo por conta própria os livros na biblioteca dele.

Alguns meses depois, ele me chama para irmos a Salvador. Quer me apresentar para a família.

Todo mundo me recebe de braços abertos, de verdade, parecem que já me conhecem só pelo tanto que Galeno já falou de mim. Percebo também que os pais tem uma curiosidade para além desse nosso primeiro encontro. Acho que querem saber quem eu sou, ver de onde eu venho e o que eu pretendo. Será que sou, realmente, a pessoa ideal para o primogênito? Mas não me preocupo com isso, deixo o tempo responder todas as perguntas, esclarecer as dúvidas, aplacar os medos. Enquanto isso, vou conhecendo um a um os membros do clã, uma família imensa, só a minha sogra tem 10 irmãos, vários sobrinhos, é tanta gente que demoro um bom tempo para decorar o nome de todo mundo. Mas é uma gente unida e divertida.

A casa onde o Galeno cresceu, na Pituba, é ampla e arejada, é o ponto de encontro de toda a família e está sempre cheia de gente e rodeada de boas conversas e risadas gostosas, quem chega não quer mais ir embora. Tudo isso acompanhado do cheirinho do famoso tempero baiano da Meire, que será uma mãe pra mim dali em diante.

Meire, que passarei a chamar carinhosamente de Zefa, como boa parte dos mais íntimos na família, é bem diferente da maioria das mulheres que eu conheci ao longo da vida. É uma mulher culta, que sabe sobre música, sobre cinema, literatura. Teve uma criação à frente do seu tempo e, com ela vou aprender muita coisa na vida. Lembro da primeira vez em que disse, na frente dela, que algo do qual nem me recordo mais, era pecado, e ela me reprendeu sorrindo: "que pecado o quê, menina, isso não é pecado não, e a maioria das coisas que as pessoas dizem que é pecado, nem pecado é!" Zefa tem uma energia contagiante, e adora receber as pessoas em sua casa, reunir pessoas, e faz isso maravilhosamente bem.

A família do Galeno me trata como se me conhecesse há muito tempo. E esse ambiente faz com que eu me sinta acolhida, meu coração fica em festa. Entre o jardim e a casa, há uma varanda onde eu encontro meu sogro, o Galeno original. Ele está todo alinhado, de bermuda amarela e camisa branca, balançando na rede. Ele é uma pessoa muito bem-humorada, nossa conexão é imediata. O Galeno pai é do Piauí e ama muito o seu estado de origem, faz questão de me falar da cidade natal dele, Picos "a Terra do Mel", como ele diz ao me mostrar fotos e conta muitas histórias. Ele tem o hábito de se chamar de véinho.

"Deixa o véinho ficar quieto aqui na rede." E assim, com o tempo, é desse jeito que eu vou chamá-lo, carinhosamente, depois que passarmos a ter mais intimidade e ele vir a ser o pai que eu nunca tive.

SALVADOR, BAHIA — 1999

CAPÍTULO 29

Uma família de verdade

Sou seu fã já faz algum tempo.
Sinto que não posso viver longe de ti.
Quando te vejo, brilham os meus olhos.
Quero te fazer muito feliz!
Meu amor, quer casar comigo?

Parece cena de filme, mas é o bilhete que o Galeno me entrega, de joelhos, junto a um buquê de rosas e um par de alianças. Um anel que eu nunca mais vou tirar do dedo. As palavras, por sua vez, eu guardo junto ao perfume das flores no canto mais protegido das minhas lembranças. O lugar que recorro toda vez que surgem descaminhos e que preciso de uma reserva extra de energia e fé na vida e em mim.

O Galeno faz questão de uma festa de casamento. Ele quer reunir a família toda: são 18 tios, mais de 50 primos e mais um monte de sobrinhos, amigos de infância, da faculdade e do trabalho.

Agora, aos 25 anos, vejo todas as bênçãos do mundo virem ao meu encontro e a maior de todas é construir uma família. A família do Galeno é tão inspiradora pra mim, e ele é meu porto mais que seguro. Já temos as bênçãos de toda a família dele para o casamento, mas eu também quero, de alguma forma, poder receber essas bênçãos da minha família, por pior que ela seja. Então, tomo coragem para convidá-lo a ir até Patos de Minas comigo.

A tia Cidinha é a minha referência materna e também a minha maior referência de família, na possibilidade da minha família desestruturada. Talvez também porque dos cinco aos doze anos de idade, ela fez parte da minha vida, numa época em que eu estava em busca de modelos para me espelhar. E como eu sempre admirei e respeitei a independência e a elegância da minha tia, agora talvez eu queira poder ser respeitada por ela também, mostrar que eu sou uma mulher direita, trabalhadora, que tenho uma vida digna. Talvez eu alimente esse sonho há 13 anos, desde que fui escorraçada da casa dela, o de ser vista, compreendida e, quem sabe, finalmente, aceita. Queria que minha tia sentisse orgulho de mim, que ela constatasse que eu não me tornei a pária que eles achavam que eu seria. Queria que ela me visse adulta, profissional, independente, noiva, com casamento marcado. Galeno compreende exatamente o meu desejo, a minha necessidade, e ele quer me acompanhar nessa visita. Eu também quero que ele veja de onde eu vim, que ele conheça realmente a minha história, que ele saiba que tudo o que eu contei é verdade.

Resolvemos ir de carro. São mais de 12 horas de estrada. Galeno, eu e minhas recordações. À medida que avançamos na BR 262, eu volto no tempo: meu dedo quebrado, os gritos, o medo, o frio. E com algumas lembranças eu me encolho no banco, fico pequena outra vez. Neste momento — e muitas vezes farei isso daqui em diante — olho para o Galeno e brota uma paz infinita, uma sensação de proteção e de amor. Pela primeira vez, desde que perdi minha irmã, sinto que tenho alguém, incondicionalmente, ao meu lado, que me ama.

Quando estacionamos em Patos de Minas, ouvimos os sons do violino da vovó que se recusam a ficar trancados na casinha fechada e fogem para a rua e abraçam o carro. Vovó Nina toca o tema de Romeu e Julieta de Tchaikovsky.

Abraço minha avó, uma das melhores recordações da minha estada na cidade. Entro na casa dela e digo oi aos meus tios sem nenhuma mágoa ou ressentimento. Olho ao meu redor e tudo continua igual há 12 anos. As paredes esverdeadas e descascadas, as janelas de alumínio tortas e ainda mais enferrujadas, a porta da frente de ferro enferrujada, agora permanece sempre aberta porque não se move mais, fincou-se no chão. O lugar continua escuro, mas a falta de luz não me mete mais medo. Sei que minha vida não está ali, nunca esteve, e nada ali pode me assombrar. Nossa visita na casa da minha avó é rápida, não há muito o que fazer ali, e no hospício não há muita conversa.

Na estrada para Araxá, meu coração está na boca. Estou ansiosa para retornar à cidade. Mil coisas passam pela minha cabeça, inclusive a fala dos meus tios "Vou devolver a menina para o avô dela", frase essa que quero passar uma borracha. Mas antes de qualquer coisa, em Araxá eu quero rever o Lar Santa Terezinha, onde minha história realmente começou. Se não fossem as Irmãs Franciscanas da Imaculada Conceição, o que ia ser de mim na vida? Quero ir ao Lar para agradecer por tudo o que elas fizeram por mim, afinal, foram elas que me acolheram na minha fase mais vulnerável, a criança órfã, pobre, magra, com cabeça baixa e as duas mãos cobrindo o rosto.

O portão de ferro preto, a estátua de gesso da Santa Terezinha na entrada, a grama verde e bem cuidada, tudo continua exatamente igual, a diferença é que já não cubro mais o rosto com as mãos, agora meus olhos estão bem abertos.

Sou recebida com festa. As irmãs ficam felizes em me ver. Irmã Cacilda fala de mim para o Galeno com orgulho, lembrando das apresentações que fazíamos de teatro, de música. Cada recinto que a gente entra está cheio de lembranças. Quase posso ouvir a gritaria das meninas nos brinquedos do pátio, as orações na capela, nos vejo bordando, treinando caligrafia com a Irmã Lázara, sinto o perfume do sabonete quando visitamos os vestiários, a textura do doce de leite no tacho que agora se encontra vazio e pendurado na parede e o cheiro da hóstia que fazíamos. Tudo continua igual como era na minha época, a única diferença é que hoje as crianças não dormem mais lá. Atualmente elas passam o dia, fazem suas atividades, estudam, rezam, mas à noite vão para casa ter contato com a família, dormir em casa.

— Eu nunca vi um lugar tão limpo assim em toda a minha vida!, Galeno fala impressionado com o chão que brilha, os móveis impecavelmente lustrados, a cozinha que cintila.

Depois de todos esses anos, sinto que um pedaço de mim vai para sempre habitar o Lar Santa Terezinha, vai continuar correndo pelo jardim e pelos corredores compridos, vai fazer carinho na cabeça do pássaro preto, ouvir os sinos da igreja e as histórias do seu Rafael.

— E onde está o meu amigo agora?, pergunto.

A Irmã Cacilda me diz que seu Rafael está aposentado. aposentado, mas que está bem e vez ou outra ainda visita o lugar onde trabalhou durante a maior parte da sua vida.

Deixo o Lar com o coração explodindo de felicidade, e gratidão. É graças ao Lar que eu consigo ver bondade em todo lado, que eu aprendo a perdoar, aos outros e a mim mesma também. É no Lar que eu aprendo a ter fé, em Deus, na vida, e em mim. É lá que eu aprendo a não desistir.

Assim que pegamos a estrada, eu telefono, ansiosa, para a tia Cidinha. Quero saber se posso visitá-la e entregar o convite do meu casamento. Como será que ela vai olhar para mim? E o tio Franco? A última vez que nos vimos, há 13 anos, em Patos de Minas, eles me deixaram na casa da tia Telminha e foram embora sem sequer se despedir, sem um abraço e sem olhar para trás, como serei recebida agora?

— Você não vai consultar sua caderneta de telefones?, Galeno pergunta, espantado, ao me ver digitar os números no telefone sem pestanejar.

— Não precisa. Esse número eu sei de cor.

Após todos esses anos, eu sei os dois números de tia Cidinha de cor, nunca esqueci.

No caminho para a casa dela, paramos na melhor floricultura da cidade e compro uma dúzia de rosas, arranjadas em um buquê.

É para você, tia!

Tia Cidinha ainda é a mulher linda e cheia de vida. À medida que entramos na sala, sinto as tábuas rangerem sob os meus pés como na véspera de minha ida para Patos. O temor e a ansiedade, no entanto, chegam a mim como lembranças distantes, não tem a força de um sentimento, nem a capacidade de me machucar. E depois de alguns minutos de conversa, tia Cidinha me pergunta:

— Por que você levou o Galeno para conhecer o Lar Santa Terezinha? Aquilo já passou, ficou para trás, não tem de voltar lá não. Tem que esquecer que você morou lá, minha filha.

— Nunca, pelo contrário, tia. O Lar, na minha vida, não está lá atrás não, o Lar está dentro. Foi lá que talvez eu tenha vivido os melhores momentos da minha vida por aqui, apesar de tudo. Se eu fosse pensar assim, tudo aqui é passado pra mim, tudo aqui já ficou para trás, mas não é assim. Eu gosto das irmãs, elas foram os adultos que mais me trataram bem e me ensinaram coisas na vida.

Entrego o convite do nosso casamento, que será em Salvador, digo que gostaria muito que eles fossem. Tio Franco e tia Cidinha ficam visivelmente sem graça, olham para o convite e me parecem realmente emocionados. Olham para mim, e depois para o Galeno, na minha frente parece que estão tentando unir os pontos de um quebra-cabeças que eles não conseguem compreender. Dizem que Salvador não é tão perto, mas tentarão ir. Então digo a eles, ali mesmo, na hora, que gostaria muito que eles fossem os meus padrinhos, porque é provável que eu não tenha ninguém mais da família para estar no casamento, só eles. Vejo uma lágrima nos olhos da minha tia. E depois tio Franco busca amenidades para conversar com o Galeno e eu fico feliz que ele veja que tanto eu quanto o meu marido somos pessoas esclarecidas.

Os dois tratam Galeno muitíssimo bem, e a mim também. Neste momento, eu conquisto o que vim buscar, sei disso, me sinto aceita, valorizada, respeitada.

Quando nos despedimos, olho meus tios nos olhos e agora eu sinto uma alegria imensa, diferente da solidão enorme que costumava sentir nesses anos todos que estivemos separados. E nesse momento eu os perdoo por tudo, mas eles não precisam saber disso, ou talvez saibam. Tem coisas que não precisam ser ditas.

— Nossa! Eu te acho uma pessoa muito forte!, Galeno me diz na viagem de volta.

Nos meses seguintes, Galeno e eu vamos dedicar grande parte do nosso tempo planejando nosso casamento, sonhando com esse momento, fantasiando com o momento em que eu entro na igreja. Acho o máximo a relação que o Galeno mantém com a família, pai, mãe, irmãos, como eles se respeitam e o quanto cuidam uns dos outros. Todo mundo, de alguma maneira se envolveu para o casamento.

Eu e Galeno moramos em Vitória, mas o casamento será em Salvador, por conta da família dele que, agora, é minha família também. E o Galeno não pensa duas vezes antes de pedir ajuda à mãe na organização da cerimônia. Eu, que nunca tive mãe, não podia jamais imaginar que houvesse uma relação assim, de tanto carinho e admiração mútua entre uma mãe e um filho. Não tinha ideia que uma pessoa pudesse se desdobrar dessa forma para garantir um momento de felicidade para outra pessoa.

A Meire se ocupa de cada detalhe do casamento e me consulta a respeito de cada decisão, desde a igreja, a decoração, a trilha sonora, o local da festa, tudinho! Ela faz isso de corpo, alma e coração. O dia do nosso casamento é testemunho de todo esse carinho.

Casamos em um sábado, no dia 12 de junho de 1999, às dez da manhã, na segunda igreja mais antiga do Brasil a Nossa Senhora da Vitória, em Salvador. O céu está absurdamente azul, sem traço algum de nuvem. A igreja dá as costas para a Bahia de Todos os Santos. Olho para todos os nossos convidados reunidos para celebrar aquele momento comigo e, por um breve instante, me recordo do Natal que passei completamente sozinha naquela mesma cidade, há apenas dois anos. Tenho certeza de que a felicidade do dia do meu casamento começou a ser semeada naquela noite, quando mentalizei que não seria mais só, que teria uma família, eu lutei por isso, eu construí essa alegria.

Chego na igreja em um Fiat Coupé amarelo, a cor do carro não comunica, ela grita, ela berra "Olhem para mim! Vejam como estou feliz chegando vestida de noiva nesse carro amarelo" O amarelo também está estampado nas figuras encravadas em ouro que decoram a nave da igreja. A impressão que tenho é que o mundo todo está olhando para mim e, naquele olhar das pessoas que eu gosto, eu me sinto querida e em paz.

Quando desço do carro, na frente da igreja estão meu tio Franco e a tia Cidinha. Tio Franco se aproxima de mim e se oferece para entrar comigo na igreja. Penso no assunto, reflito, sei que não tenho muito tempo, então peço conselho para minha sogra. Ela diz que nisso não pode opinar, que essa decisão tem que ser minha. E eu preciso decidir rápido. Chego à conclusão que, por anos a fio, prescindi da figura paterna, nunca tive um pai, e esta figura nunca esteve comigo, seu Rafael, Roberto, Bernardo e até o Nunes foram muito mais próximos dessa figura paterna pra mim do que tio Franco, apesar de eu ter morado na casa dele. Tio Franco ali representa a minha família, mas nunca o considerei um pai, não há razão para, no dia do meu casamento, agir de modo diferente. Agradeço a oferta com educação e carinho, porém, sugiro que ele e minha tia Cidinha fiquem no altar junto aos padrinhos.

Azul e Rosa. Todas as mulheres no altar, as duas irmãs do Galeno, a tia dele, minha prima Mara, minhas amigas Martinha, Celina e Rina, estão, todas elas, vestidas em tons de azul, que variam do pastel ao royal e de rosa, que variam do salmão ao chá.

Branco. Escolho a dedo o meu vestido, assim como meu buquê. O vestido é despretensioso, todo branco de crepe de seda e renda de Calais, ele é longo, de manga curta. Levo um buquê de copos de leite nas mãos e um ramo de margaridinhas espalhadas nos cabelos. Trago um sorriso estampado no rosto, o acessório mais fundamental.

Brilho. A minha amiga Rina me empresta a única joia que uso no dia, um par de brincos de brilhantes de verdade.

Branco, Azul e Rosa. O vestido das minhas daminhas de honra tem uma saia comprida, rodada e florida em tons de rosa, um corpinho branco e uma faixa de cetim azul celeste na cintura. Elas carregam um pequeno buquê de mini rosas brancas.

Cinza. O pajem e o noivo vestem meio fraque cinza e são os dois homens mais bonitos do planeta naquele dia.

"Os sonhos mais lindos, sonhei. De quimeras mil um castelo, ergui", entro na igreja ouvindo a soprano cantando Fascinação, a música que escolhi, acompanhada por um violino.

Vejo meus dois irmãos, Dudu e Kilmer, os dois solenes, de terno e gravata e de mãos dadas com as minhas amigas, no altar, ao lado do tio Franco e da tia Cidinha, os casais que formam o meu time de padrinhos.

Entro sozinha na igreja, mas não estou só, estou de mãos dadas comigo, sob a proteção do chapéu imaginário que ganhei ainda na infância do seu Rafael, e me sinto muito feliz! Nos meus passos em direção ao altar, carrego uma imensa gratidão por todas as pessoas que me ajudaram em minha caminhada, penso na minha irmã Carminha e no quanto ela estaria feliz aqui. Penso na minha avó Nina, na Irmã Cacilda e em todas as irmãs do Lar. Essas mulheres fantásticas que me acolheram, me inspiraram, me incentivaram. O agradecimento por quem me amparou e o perdão por quem não teve condições de fazê-lo estão presentes e emolduram o meu olhar que agora passeia pelas faces dos mais de 200 convidados, rostos amigos, que torcem por mim e que me querem bem. O casamento com o homem que eu amo e a reunião de nossas famílias e amigos é um sonho que se torna realidade. Eu me sinto a um só tempo abençoada e muito confiante, e penso que valeu a pena acreditar na vida, valeu a pena acreditar em mim.

Branco e Amarelo. Depois da cerimônia, vamos caminhando para um casarão histórico no corredor da Vitória, a poucos minutos dali para um Brunch. O lugar está decorado com flores brancas e o bolo também é coberto por ramos de flores naturais amarelas e brancas e enfeitado com um laço maravilhoso. Fotos, fotos e mais fotos, as pessoas comemoram comigo esse momento incrível e todos nós queremos guardar imagens dessa nova família.

Vejo meus cunhados, Paloma, Ana Carolina, Fábio, Tais e os dez irmãos da minha sogra e também os seis irmãos do meu sogro. Uma família alegre e acolhedora que agora é a minha família. Sinto que pertenço, que realmente faço parte, que combino e me dou muito, mas muito bem com essas pessoas, eu integro esse grupo. O olhar da Meire é de felicidade vendo o sucesso da festa que ela planejou com tanto carinho, uma festa que não é só minha e do Galeno, mas é de toda a nossa família. Essa sim é a minha nova vida de verdade, uma vida de felicidade.

BOIPEBA,
BAHIA — 2020

Epílogo

— Calma aí véi!

— Foi gooool!!!

— Foi gol nada, foi gol nada...

O meu filho joga bola, pé na areia com os primos, o pai, os tios, os amigos, e os meus comprades, padrinhos dos meus filhos, que programaram toda essa viagem. Boipeba é uma ilha cênica, água tranquila, areia branca, lugar vazio, só tem os nativos, pescadores em sua maioria, e a gente.

Em 2020 o mundo inteiro está estarrecido sob o impacto da pandemia da Covid-19. Na Flórida, onde eu moro, todos os eventos culturais e esportivos foram cancelados. Dezenas de vacinas estão em desenvolvimento, mas nenhuma delas está aprovada, ainda. Os Estados Unidos é um lugar maravilhoso para se viver, temos grandes amigos no país, mas a nossa família de origem está toda ela, no Brasil.

Nesse período tudo o que mais queremos é ficar perto de quem amamos, o calor humano parece ser o antídoto perfeito para os tempos de insegurança e ansiedade que estamos atravessando. O Brasil é especialista na arte de receber, de acolher, de reunimos a família e alguns amigos em uma pousada à beira mar. Seguimos todos os protocolos sanitários para entrar no Brasil, fazemos testes de Covid e ficamos quarentenados por sete dias, livres de máscaras!

Do lado de fora da pousada um jardim encantador com flores nativas da região nos abraça e nos encanta todas as manhãs.

Beatriz dança e canta na beira do mar e interrompe a coreografia quando vê o passeio despreocupado de um vira-lata amarelo "Ca-chor-ro", minha filha fala bem devagar, fala e repete porque acha a palavra em português bonita, sonora, poética.

Em Boipeba não entra carro, e o dia inteiro as crianças passam com o pé no chão, brincando soltos, chupando picolé de coco, caja, mangaba e o sorvete escorre pelo braço, mas não tem problema, é só dar um mergulho nas águas claras do mar que mais parece uma piscina e todo mundo está limpinho de novo e pronto para subir em árvore, descer de árvore, andar a cavalo.

À noite, vamos de chinelo até a feirinha no centro da vila. Lá, meus filhos encontram os filhos dos nativos e as brincadeiras se tornam ainda mais divertidas, o número de sabores de picolé também aumenta muito. São frutas que meus filhos nunca ouviram falar.

Meus filhos nasceram e cresceram nos Estados Unidos, mas têm paixão por tudo que é brasileiro, o calor humano, as comidas, as paisagens, as palavras, as pessoas, as brincadeiras.

— Oxente, que cheiro é esse?, pergunta o Daniel numa mistura de sotaques, entre o português da Bahia e o inglês.

— Brigadeiro! Beatriz responde enquanto mexe a panela com o doce no fogo.

A dona da pousada onde estamos hospedados tem uma filha, Bruna, da idade dos meus filhos. Ela resolve fazer as vezes de professora de culinária e deixa os três usarem a cozinha à vontade. A Bruna ensina que a melhor forma de comer brigadeiro é ainda quente e com colher!

A brincadeira das duas na cozinha me faz lembrar a minha infância no Lar, quando na gruta da Santa Terezinha a gente se escondia para comer doce de leite... O tempo passa... Então vejo, ao longe, seu Rafael cuidando da horta. Ele sorri para mim, acende um cigarro de palha e coloca nosso chapéu na minha cabeça. E eu conto a ele que moro nos Estados Unidos há 22 anos, que já vivi na Califórnia, em Ohio e hoje estou na Flórida. Conto que aprendi inglês do zero, fiz faculdade de merchandising de moda e trabalhei na área. Falo que realizei o meu sonho de infância, construí uma família e tenho um casamento baseado em afeto e cumplicidade e dois filhos gêmeos maravilhosos. De frente pro mar conto pra ele tudo que eu não pude contar, da minha festa de 15 anos, dos erros e apostas erradas que fiz, de como na Bahia eu tive o meu pior pesadelo e tempos depois a minha melhor realidade. Não escondo nada, tudo importa, tudo conta, nada é em vão, nem os erros que cometi, meus tropeços, eles também fazem parte da estrada que trilhei mesmo sem ter certeza do destino. Eu fiquei presa por boa parte da minha vida, mas também fui livre para caminhar, tive coragem para dar os passos, tanto os certos quanto os errados, e trago na memória o traço das minhas pegadas. Digo para o seu Rafael que acho que é para isso que estamos aqui, para entrar nas águas do Jordão tantas vezes quantas forem necessárias, mergulhar na vida, até um dia aprender a nadar direito, até um dia a gente se tornar parte do rio e ser capaz de curar todo mundo ao nosso redor. Posso ver seu Rafael sorrindo com essa minha fala e pitando seu cigarro de palha, vejo as bolinhas de fumaça subirem até o céu, que é um só, em Boipeba, Araxá, na Flórida e o que está sobre a sua cabeça.

Por fim, penso que essas crianças, meus filhos, terão lembranças maravilhosas da infância, e saber disso me aquece a alma e o coração.

Agradecimentos

À Regina Oliveira e ao Marcelo Nocelli pela escuta atenta e pela disposição e profissionalismo na escrita desta história comigo.

Ao Michel Zveibil pela leitura emocionada e emocionante, e pela apresentação deste livro.

A todos e todas que, de alguma forma, fazem parte desta história.